一心居

YI XIN JU

by

CAI YAO YAO

蔡要要 作品

作家出版社

图书在版编目（ＣＩＰ）数据

一心居 / 蔡要要著. —— 北京： 作家出版社，
2017.10
　ISBN 978-7-5063-9771-1

　Ⅰ. ①一… Ⅱ. ①蔡… Ⅲ. ①长篇小说–中国–当代
Ⅳ. ①I247.5

中国版本图书馆CIP数据核字（2017）第267886号

一心居

作　　　者：蔡要要
责任编辑：丁文梅
策划编辑：何　文
装帧设计：@_叁囍
出版发行：作家出版社
社　　　址：北京农展馆南里10号　　　邮　　编：100125
电话传真：86-10-65930756（出版发行部）
　　　　　　86-10-65004079（总编室）
　　　　　　86-10-65015116（邮购部）
E-mail：zuojia@zuojia.net.cn
http://www.haozuojia.com（作家在线）
印　　　刷：北京中科印刷有限公司
成品尺寸：147×210
字　　　数：160千字
印　　　张：8.25
版　　　次：2018年3月第1版
印　　　次：2018年3月第1次印刷
ISBN　978-7-5063-9771-1
定　　　价：39.00元

目录
CONTENTS

🌿 引子

愿得一心人，白首不相离。

愿以美食慰人心，成全世上千万有情人。

我不是妖魅邪魔，也不是神仙，更不是亡灵，我是谁？我当然是人，是一个生意人。在这个小小的子归城里，我日复一日地开着一家小小的食肆，摆开八仙桌，支起四方灶，煎炒烹炸，填饱过路人的肠胃。

我所开的这爿小店叫一心居，卖一些简单的小食，鸡汤馄饨，红油水饺，牛肉面，鸡丝炒饭，炒几个家常菜，炖一锅热腾腾的好汤，愿意吃我就端菜倒茶，不愿意吃那我也不稀罕做这单买卖。生意不是很好，我也落得清闲。

开店的时间久了，我也慢慢喜欢做一个这样的厨娘，每天做一些自己想做的饭菜，和来往的客人聊几句闲天，也还算是乐得自在，我雇着一个伙计叫喜善，跟了我几年了，也算是自己人，是个闷头葫芦，三棍子打不出一个屁来，好在做事勤快，也算是一个好帮手。

其实我这也算家传生意，我的姨婆也就是我外婆的姐姐，便是这小小一心居的上任老板，她终身未婚，我小时候听长辈说她留过洋，读了很多书，是家里最有学问的人。可姨婆却最爱做菜，偶尔她来看我们，都会带很多她自己做的糕点，我记忆里那些糕点都和外面卖的不一样，她总是笑眯眯地看我吃，然后问我一句："素心，可愿意以后也做这么好吃的糕点？"我吃的两腮鼓鼓的，会拼命地点头。我还喜欢听她抱着我唱戏，那些咿咿呀呀的曲调唱得软绵绵的，可好听了。

据说姨婆年轻的时候也很漂亮，我不知道她是怎么来到这里开店的，反正她把这个店作为遗产留给了我。店不大，一幢独门独院的小楼还算清静美观。操持起来也还不算费力。姨婆留下的给我的遗书里，除了一心居的房契和几句店里的交代之外，就只有一句话：奈何，奈何，奈莫何。

我看不懂。

姨婆还留下不少奇怪的物件和一本食谱，那食谱感觉年头已经很久了，破破烂烂的封面上，写着三个字"梦厨谱"。梦厨谱记录了姨婆所学的厨艺来源，她便是继承了这个叫作梦厨派的本事。这本菜谱和通常的那些都不太一样，里面全是我以往未曾见过的食材和方子，并在扉页写着：梦厨一门，成全天下有情人。我记起姨婆去世之前，也曾特地把我叫到病榻前叮嘱我，如果有人找来一心居求成全，无论如何，也要帮助。

　　初看梦厨谱我总是一头雾水，久了也就看得津津有味，加上我并无什么其他特别的爱好，父母早逝，我就痛痛快快地接下了这个店，当起了老板娘。

　　我叫素心，但是我并不和你所看到的这么普通。

第一章

味·初心

一 · 莫邪面

今日早上起来，就听见一心居后院的树梢上停着两只喜鹊喳喳地叫，喜善在树下收拾中午的菜蔬，抬起头对我憨厚地笑着说："老板娘，喜鹊叫，今天有贵客吧。"我一边吃瓜子一边听那喜鹊唱歌，听了一阵子，我抬头笑笑说："贵客不一定，但是总归还是会有好事的。喜善，一会儿去市场上买条大青鱼，收拾好等我。"我转身进了厨房，今天该做面条了，我不喜欢用市场买回来的机器压的面条，嫌煮起来软烂不说，还一股子碱水气味。自己做的面虽然麻烦，但人手揉的面团，就是不一样。选上好的面粉，和上鸭蛋和泡香菇的水，擀开来，用利刀切成细丝，撒上玉米粉，这样煮起来，面条才韧而顺滑。

喜善买了青鱼回来，活蹦乱跳的，他刚要给鱼开膛破肚，我连忙喊住他："用我的菜刀。"喜善诧异地看我一眼，平时我不让他碰我的刀，那也是姨婆留下来的，锋利且韧性好，是一把好刀。我平静地说："青鱼大，用好刀收拾起来快。把鱼剔了骨去，下油锅炸了，加黄酒老抽老姜一起熬鱼汤，小火炖久一点，炖出奶色来。"喜善点头去做了，我放心喜善，就去开门，快中午了，是迎客的时候了。

门刚打开，就看见门口坐了一个清秀的男孩子。他穿一件已经灰扑扑的白衬衫，满脸倦容，可这也掩不住他的清秀，我忙招呼道："坐在门口，也不知道等了多久，小店开门晚，快请进。"他抬头打量了我一番，说："你就是素心？"我点点头，端出一杯茉莉花茶放在桌上，笑吟吟地看着他说："不知道想吃饭还是吃面？"他长叹出一口气，愁容满面地低下头去，捧着那杯茶看了许久也不说话，只怔怔地发呆。"先想着，我后厨还有事要做。"我也不想催他，找个理由想先去看看喜善的鱼汤炖的如何。

"老板娘，我女朋友生病了，想喝口清鸡汤，麻烦你帮忙做出来打包，我带走。我听人说你这味道好，才找来的。"他忽然说道，还把那听人说三个字说的格外大声。我略一愣怔，大概猜到这男孩的来意，终究忍不住还是问了："什么病？"男孩的眼眶忽然红起来，把头扭向一边，从牙缝里挤出几个字"胃癌晚期"。男孩平复了一会儿，又接着说："我知道你有办法的，这子归城一直有传说，一心居里的菜有玄机，能治病，能让有情人不分离。"

我哈哈笑起来，忙摇头对他说："哪就有了这些神通，不过是普通的菜肴而已。"我干脆也坐下来，"能不能帮你我也不知道，但我要先给你讲一个故事。"男孩诧异地看着我，似乎并不想听我说故事。我也不管他，自顾自地给自己倒一杯茶，喝一口，慢悠悠地说起来："你可知道干将莫邪的故事？"男孩一愣，问道："铸剑的干将莫邪？"我点点头，继续说道："干将为夫，莫邪为妻，他们为楚王铸剑，却无法融化采来的精铁。如果铸剑不成，楚王必定不会放过干将。莫邪为此以身投炉，精血融化了精铁，方成名剑。一雄一雌，取名干将莫邪。"我忽然停下来，看向男孩："你既然能来到一心居，这就是缘分，鸡汤还得煮一会儿，你也先吃碗面吧，别饿着肚子空等。"

喜善走上来，说鱼汤已经好了。我看一眼发呆的男孩，吩咐喜善用鱼汤煮一小碗面端来。男孩忽地问："老板娘，那你可有法子救她？如果能救她，我愿意从此以后为老板娘做牛做马。"我挥挥手："我要你做牛马干什么，我这小店有喜善也就够了。"说话间喜善已经把面端上来了，面汤奶白，撒着碧绿的韭叶和通红的油辣子，手擀面静默地卧在碗里，热腾腾地冒出香气。"尝一尝，等了那么久，也饿了。"男孩终于举起了筷子，轻轻地吃了一口面。"这叫莫邪面。"我悠悠地解释道。"干将虽然铸剑成功，可永远失去了莫邪。莫邪虽然牺牲了自己，但她不知道，独活的干将永远不会快乐。"

男孩怔怔地望向我，我终究是不忍心。"喜善，你去我房间把那个锦盒拿来。"喜善刚要说什么，我摆摆手让他不要再说了。"去救她吧。"我把锦盒递给他。"她需要你陪在身边。"男孩迟疑了一会儿，终于收下了我的礼物。"先吃面。我给你打包一份，带去给她也尝尝。"

他盯着那碗莫邪面，眼眶又是红了起来。"老板娘，这面特别的很。到底是为什么？"我也坐下来，拿起一双筷子，轻轻地在他碗里也捻起一根面条。"面没有特别，汤也没有特别。我做的都是普通饭菜。唯一特别的是，人的感情而已。"男孩郑重地对我点点头："老板娘，我叫程衍，以后老板娘有何吩咐，我必定随叫随到。"

关门的时候，喜善站在我身后嘟囔："那么贵重的东西说送人就送人了，这小子不知道修到了什么福气。"我抿嘴笑起来："我也是做生意的，不划算的生意我不做的。那千年灵芝是贵重，但你可知道这小狐狸却要欠我一份人情，只用一根灵芝换，你说这买卖是不是赚了呢？"我的眼神飘向更远的地方："我们梦厨一门，必须立下承诺，如有情人有难，一定全力相助。这也是姨婆开一心居的目的，你说，我怎能不帮？"

喜善点头称是，又说："你那把菜刀确实好用，明天订了新鲜的牛骨，不知道拿来用用好不好？"我怒道："莫邪剑上的精铁做的菜刀你用来砍牛骨，小心我砍了你！"喜善小声说："那么凶，小心一辈子嫁不出去！"

我关上店门，明儿，还得早起。

"干将莫邪、赤炼青锋、同生共死、千秋万世、永不分离。"

二 · 玄机糕

　　喜善在腌泡菜，整个后院都是一股子酸气，都拿大玻璃坛子装着，绿卜卜的长豆角，红艳艳的水萝卜，白生生的大白菜，用盐巴搓过，泡在酸姜水里，等十几天启坛，就酸脆可口。我靠着一棵小槐树笑吟吟地看着，时不时地伸出手来指指点点一番，说些"喜善，坛口再盖严实些"之类的讨厌话。最后喜善生气了，抄起一把豆角甩过来，我才笑着跑到前堂去。

　　日头也高了，是该开门了。

　　今天可要好好做生意，前几日生意惨淡，再这么下去估计是要喝西北风了。前面拐角开了一家火锅城，请了些漂亮的女孩子站在门口，生意比我这小店好多了。我嫉妒地把点菜本摔在桌上，但是要我花钱请人站在店前，那是万万不可的。我素心别的不行，抠门可是一把好手。

　　就在我睁大眼睛等着顾客上门就要睡着的时候，却真的有客人来了。是一个女人，是一个女人中间的女人。为什么这么说，因为连我这个女人看见她，都忍不住有几分动心。她乌黑长发，皮肤雪白，柔弱得似乎马上就要跌倒在地上。

我拿着菜单走过去，连声音都忍不住小了起来："看看想吃些什么。"那女人抬起头，却吓了我一跳，她双眼虽大且美，一双凤眼儿本应该是勾魂的，现在却空洞无神，似乎丢了魂魄。"随便吃点什么吧。都行。"她看也没有看我一眼，一脸都是苦楚的神色。我轻声建议道："来碗鸡汁云吞，拌个小葱豆腐怎么样？云吞鲜美，豆腐清爽，吃了身子也是舒服的。"女人微微点点头，礼貌的露出一个淡淡的笑意，顿时仪态万千，风华立现。

我赶紧合上菜本进厨房去，忽然心念一动，大概是明白了究竟：

这世上，让一个绝代美人变成这番场景，只怕也就是为了某个男人吧。我先洗一把小葱切碎，再取一块水豆腐用开水淋去豆腥气，拌上一点椒盐，点上香油和花椒油。鸡汁是现成的，云吞也是早上包好的，煮好就端出去。我又唤来喜善，吩咐他去后厨拿一些莲心百合米粉出来："莲心和百合泡上一会儿，拌在米粉里，用大笼屉蒸一些糕出来。"

喜善狐疑地看我一眼，还是自去了。

没有别的客人，饭菜很快就备好端了上去。女人还在发呆，我故意重重地把菜放下她也没有吃，就那么呆呆地看着，坐了好久。眼看云吞要凉，我咳嗽一声走过去："再不吃，就要冷了。什么事情，都没有吃饭重要，先吃一点东西。"

女人忽然扑通一声跪在我面前，泪水奔涌而出："都说一心居里的老板娘能帮我。"我也是一惊，只能赶紧先扶起她来："不要跪着，别让人看见，毕竟还是做生意的地方，人多口杂。"她抹了一把眼泪，终于重新坐下来，微张樱唇说道："嫁给我老公之前，谁不说我模样俊俏嫁给他可惜了，可我还是一条心跟了他。结果现在，他居然和别的女人勾搭在了一起。那女人处处不如我，却把我老公迷得神魂颠倒，现在是天天看不见人。前些日子我本来怀孕了，想说有了孩子他应该收心了，哪知道有天晚上那女人一个电话打来，他就又要出去，我伸手拦他，他竟然动手推我，我，我就小产了。"女人捂着脸又哭起来，梨花带雨的样子倒也真是好看。

"我知道老板娘你有办法，只要能让我老公忘了那女人，多少钱我都愿意给！"她死死地盯着我，眼睛终于发出一道狠毒的光来。"我想让那女人消失，让她永远不能来和我抢男人！凭什么，她不如我貌美，不如我身段好，却得到的比我还多！"她美丽的脸上竟然此时看起来有些狰狞。

我却反笑起来："你这要求我也不是不能满足，只怕那代价你付不起啊。"我忽然吸了吸鼻子："啊，玄机糕好了，不如先吃一点，这糕点平时也不做，有缘就尝一尝吧。"喜善捧着热腾腾的糕出来，雪白馨香，颤颤巍巍的，格外诱人。那女人听我说有办法，也终于止住了哭声。只看见那洁白的糕点正冒着热气，发出不能抵挡的清甜香味。她终于伸出手，掰下一块放进嘴里。

"闻着香甜，吃起来却如此苦涩？"她咀嚼了一会儿，不禁皱起眉头问道。"这叫玄机糕。是因为才女鱼玄机而得此名。鱼玄机一代才女，才情美貌惊动天下，却因为发现婢女绿翘和丈夫李亿有染，心生愤懑，终于杀死了绿翘埋在树下。后被人发现，佳人就此身受极刑。"我慢慢地说完，嘴角又浮起一点笑意："其实为了一个变了心的男人，这样又是何苦？"

女人又拿起一块糕来，脸上的狠毒神色慢慢消去，她苦涩地问道："你说的是我？"我对她摇摇头："我说的是鱼玄机。"

半月后，那女人来找我告别，她已经离婚，准备离开Ｃ城，我们都没有再提她老公的事情，她只是央求我在她走之前，再做一块玄机糕给她带走。我笑着对她说："玄机糕不易做，也不好吃，还是尝一点我一心居新做的栗子酥和蜜糖卷，甜甜的，和以后的日子一样。"

等她离去，喜善凑过来问我："这糕有什么玄机。"我正在尝新泡好的青梅酒，忍不住哈哈大笑："这糕不是你做的吗，就是普通糕点。"喜善一脸不相信的样子，看我不说，也只好悻悻地去厨房了。我继续喝酒，手边摆着一本晚唐诗集，正好翻在鱼玄机那一页：

> "羞日遮罗袖，愁春懒起妆；
> 易求无价宝，难得有情郎。
>
> 枕上潜垂泪，花间暗断肠；
> 自能窥宋玉，何必恨王昌。"

三 · 绿珠春卷

"喜善，我看见市场上韭黄不错，买了不少。你把虾仁剥一些出来，中午可以做韭黄爆虾仁，再把牛肉卤了，糟鸡爪也拿一些出来。"喜善也不说话，埋头就去做事，笼屉上还蒸着珍珠肉丸，我凑过去闻一下，看来也是快好了。这个珍珠肉丸最费功夫，得用小木槌一点点把里脊肉捶成肉蓉，拌上鸽子蛋蛋清搅成蓬松，再切上一些苹果粒进去，才能咬起来弹牙爽脆。

今天有街坊的大姐家孩子满月，在我这小店里招待几个亲友，最近生意都不好，好不容易有邻居捧场，我和喜善一早就开始忙。好在已经收拾的七七八八，我就让喜善在后厨看着，我去前店透透气喝杯茶。

刚把店门打开，发现一心居的招牌上不知道何时落了点灰，我便踮着脚尖去掸灰。我正擦着，就见一个慌张的男人急匆匆跑过店前，他见四周只有我站在路边，就一把抓住我喊道："你看见我的美娜没有？"我看他一脸慌张，也替他着急起来："我这儿刚开门，还没看见有人经过，前面那条路人多，你快去看看。"他听完我的话，拔腿就跑走了。我看着他的背影，忽然心内似被什么锁紧般一跳，看来今天，还有事发生。

中午小店被挤得满满当当，好在菜肴都合大家口味，邻居大姐特地把孩子还抱来谢了我，看那孩子粉嫩可爱，我忍不住要喜善去我房间取了个小银锁出来，算做我的礼物。

等人散了，喜善又黑着脸过来抱怨："钱还没赚上，礼物倒是先送出去了。"我正按着计算器看看最近的流水，听见喜善的话太阳穴不由得突突地跳起来，只好扶着额头呻吟道："我最怕算账了，喜善你来帮我，我要去楼上躺一会儿，要是有客人再喊我。"喜善没有好脸地冲我闷哼一声，还是帮我接过计算器和账本，兀自地算起账来，但嘴里还是不饶我："当个老板，账也算不好，要你有啥用。"

可能是早上起得太早，我刚躺下，就睡过去，昏沉地做起梦来。梦里居然看见了刚刚那个男人，他躺在一张医院的床上，紧闭着双眼，一个女孩坐在他身旁嘤嘤地哭着。我见那女孩哭得伤心，刚要问到底怎么回事，却听见喜善在楼下喊道："老板娘，来客人了！"我坐起来，回想起刚刚那个梦，又愣了一会儿神，这才洗把脸下楼去。

我下到店堂，看见一个长发齐腰的娉婷女孩坐在店里，她背对着我，看不见脸容。不知道为何，我竟觉得这背影有几分熟悉。喜善给她端来一杯茶，我听见她说了一句"多谢"，声音柔柔的，我一个女人听来也顿觉婉转悦耳。喜善的脸也一红，忙摆摆手表示别客气，他抬头看见我，忙说："老板娘来了。"那女孩转过头来，我便怔住了，这不正是我刚刚梦见的那个哭的女孩。

女孩看见我，眼泪一下又从那双大眸子里滚落下来："你是素心老板娘吗？"她刚问完这句，就几乎又哭的不成声调起来。我也不好催她，只能推过去一盒纸巾，让她继续哭着。那女孩哭了好一会儿，终于又开口说道："我来买汤。"我不由得继续听下去。她又继续说道："有人介绍我来一心居，说这里的菜吃了，便可以了却尘缘，可以去除情伤。老板娘，我想，我要和我的爱人分手。"我的嘴角轻轻地咧出一丝笑意："既然是爱人，为何却要分手呢？"

那女孩的脸色痛苦起来："我叫美娜，我的男朋友家明不知道为何，突然有一天晚上就跌倒在家里再也不能苏醒过来。他无父无母，家里也没什么钱。我苦苦支撑了几个月，也是再拿不出钱来让他继续治疗了。可医生说，现在要是撤了维生设备，只怕就……"女孩说不下去了，又哭了起来。我却忽然想起那早上跑过我门前的男孩，有意思，这件事我忽然就明白了。

"上个月，有个男人追求我，说喜欢我，要娶我，我提出条件，如果要娶我，那么就拿出 20 万元给家明治病，他答应了。"美娜的脸上浮现出一股温柔的神色："我虽然答应嫁给他，可我还是爱着家明。我怕我忘不了他，我也怕他醒来发现我已经另嫁他人，会接受不了这个事实。老板娘，我来求你，让我和家明能了却这段情爱。只怕，我们也就是没有缘分吧。我一定要让家明活下去，但也要报答人家帮我救家明的一片情意。"

听到这，我心里也有了主意。我笑起来："分手并不难，无论你求不求我，你只要自己下定决心，都可以不再见他。但分手容易，爱上一个不爱的人却很难，你和家明不再见面，这就能让你爱上那帮你的男人吗？"美娜茫然地看着我，终于还是摇了摇头。我拍拍她的肩："既然来了，就是有缘人，先吃点东西，我看你也没有吃中饭。别饿坏了。"我朗声喊道："喜善，做一些绿珠春卷来。"

美娜狐疑地问道："绿珠春卷？""你可知道绿珠的故事。"我问道。美娜摇摇头，我站起来，给她换上一杯热茶，继续说道："绿珠是首富石崇的爱妾，因为石崇用一斛绿珠买来，所以得名绿珠。后来王室的孙秀看上了绿珠，求石崇让出绿珠给他，石崇严词拒绝。孙秀大怒，设计让石崇获罪，绿珠为报石崇之恩，从高楼坠下，香消玉殒。石崇斩首之前，他感叹树大招风，获罪皆因炫耀。旁人问他为何不舍得让出绿珠。石崇感叹道，世上唯有一绿珠。"

我说完，喜善也做好了春卷端了过来。这绿珠春卷和普通春卷不一样，是用大白菜的叶子做皮儿，里面包的是青豆新鲜黄瓜粒和薄荷叶，淋了一点儿香油和生抽，闻起来清新扑鼻。我推到美娜的面前："尝尝。"喜善不解地看着我，我轻轻叹了一口气："世上只有一个绿珠，又何尝不是只有一个美娜。帮人就帮到底吧。依我看，家明不是生病了，是丢了生魂，我早上开门的时候，还看见他的生魂从我门口跑过，说要去找美娜。即使是他的一缕生魂，大概也意识到了你要离去，他着急地想把你找回来。"我话刚说完，美娜已经泣不成声。

"喜善，我有颗绿色的珠子放在枕头下，你给我拿来。"我抽出一张纸巾，递给美娜，"去把他救醒吧，用这珠子放在他嘴里，过一夜，他就能苏醒了。"我走到摆酒的柜台前给自己倒上一杯米酒，轻轻地喝一口："梦厨谱里没有教我怎么让人分手，我想，这是因为我们梦厨派做菜的一个心愿，就是希望人间不再有离别。"

送走美娜，我吩咐喜善关上门，晚上不想再做生意。喜善似乎又要说些什么，我示意他不要再说了，只想赶紧躺到床上，好好地睡一觉。

"辞君去君终不忍，徒劳掩袂伤铅粉。"

四 · 阿娇鸭

晚市时来了几桌爱闹酒的客人，吱吱哇哇直吵了半宿，好不容易打发走了，还摔碎了几只杯子，弄得满地狼藉。待喜善和我收拾好都累得不行了，我只赶紧也打发他去睡了。关了店门，我虽然疲了，却还睡不着，干脆去楼下倒上一杯米酒慢慢喝起来。不知道怎么，又拿出梦厨谱，竟看得恍了神。我叹了一口气，合上菜谱慢慢地走上楼去，想起傍晚时透过一心居的窗棂，能看见天边有漫天的红霞，美的让人心折。

早霞不出门，晚霞行千里，明天一定是个好天气。

可能真是因为累了，一夜无梦，等我睁开眼，已是满堂光辉，果然是个大太阳天。我洗漱好下楼来，喜善已经在院子里洗菜了。我笑吟吟地说："天气这么好，喜善我去买些花儿回来。"喜善撇了撇嘴，显然是看不上我这些小情趣。

趁着还没开店，我干脆在街上一路逛过去。街上开了好些卖小玩意儿的店铺，什么饰品丝巾、摆设瓷器，倒是热闹得很。我每家店进去看看，只觉得都小巧可爱，最后挑了好几个玻璃花瓶和小陶缸子，打算拿回去插花。等买的兴起，才想起来原本是要买花，倒还真又走了好几条小街才看见一个花店。店虽小，但是花倒还齐全，我买了一束姜兰一束鸢尾一束波斯菊，香气四溢地捧了一大把，让老板给我包起来。等着包装的时候，一个姑娘闪身进来，她刚一出现，我就闻见一股奇香。那香味很奇特，不是寻常香水的味道，倒和店里的花香有些像，可更为浓烈，带着几分诡异。我忍不住打量起这姑娘，说不上是十分的美丽，但却娇柔动人，穿一件五彩的衣服，显得格外特别。她进来就每种花儿拿上几朵，也没有要老板包起来，丢下两张钱就匆匆离去了。

我忍不住问老板："这女孩常来买花？"老板答道："是啊，最近这几个月常来，每次来都买一把花去，也不问价格，放下钱就走了。"我沉吟了一会儿，觉得哪里有些不对，但是也说不出个所以然。老板包好我的花，我也给了钱就走了。

还得回去开店呢。

"喜善，你说什么最喜欢亲近花儿。"我回到店里，问喜善。喜善正在给腊肉切片儿，抬起油腻腻的手擦擦鼻子，留下亮晶晶的一缕，随口答我道："花蝴蝶最喜欢花。"听得喜善这么说，我不禁一愣，然后就笑了起来："喜善，你看起来笨笨的，想不到也算是大智若愚啊。"喜善刚要得意，转念一想，发现这也不是什么好话，哼了一声就不再理我了。

我出去打开店门，把刚买来的花瓶和花儿都摆出来，平时看起来暗沉的店里被这香花也衬托的有了些生气。我正暗自满意，却听见一个清脆的男孩声音喊道："小蝶，我们在这儿吃中饭吧，你看这店里好多花，你一定喜欢。"话音刚落，就进来一双青年男女，我眼睛一亮，那男孩高大挺拔，女孩娇柔可人，真是一双璧人。再仔细一看，那女孩，正是我刚刚在花店遇见的。她走进来，一股香气又涌进了我的鼻子，甚至比刚刚在花里更浓烈芬芳。男孩殷勤地给她倒茶落座，又招呼我来点菜。

我走上前去，原来那女孩吃素，两个人点了些果仁菠菜、爆炒素百叶等素食，又要了一壶茉莉花茶。我转身要去后厨吩咐喜善备菜，依稀听见男孩在说："小蝶你身上真好闻，我要是一天不闻你身上的香味，就觉得浑身不自在。"我听见这男孩的话，在心里一阵琢磨，只感觉那满室的花香，也有了一点别样的感觉。

中午没什么客人，上了这一对儿小情侣的菜就没什么活计，喜善也跑来前堂坐着，我忽然扬声说道："喜善，好久没做阿娇鸭了，下午你去市场买一只小母鸭回来，我们晚上炖一只阿娇鸭。"喜善一愣，问道："阿娇鸭，我们有这道菜？"我继续大声说道："平时不做，今天看天气好，我倒是想起这道菜来。阿娇鸭得名于汉皇的皇后陈阿娇，要用菊花花瓣和新鲜百合煨，清气十足，白嫩可爱。汉武帝七岁看见陈阿娇，被她白皙美丽的容颜吸引，发誓日后若登基，要筑金屋给她住。后来汉武帝果然得到皇位，也立阿娇为后，修金屋藏娇。可惜，等陈阿娇年老色衰，汉武帝把她打入冷宫，再不相见。"

我说完，眼角往那叫小蝶的姑娘看一眼，只看见她悚然一动，脸色也变得惨白。我只继续说："你可知道我觉得这阿娇皇后像极了什么吗？是蝴蝶。那么美，却那么脆弱，为了维持这种短暂的美丽，我想一只蝴蝶一定付出了很多很多。"我又大声问道："喜善，你看我买的花好看吗？"喜善点点头，说："好看。"我走到一枝鸢尾前，轻轻地凑过去闻了一下："好花虽美且香，可毕竟是要谢的。"

等那叫小蝶的姑娘和男孩离去，我吩咐喜善去买了鸭子和几枝菊花回来。坐在后院剥了花瓣，将整只鸭子用清水冲洗干净，倒上米酒、百合、菊花一起用小砂锅炖上，不一会儿就满厨房的清香。忙完我走到后院，却看见一只五彩蝴蝶飞了进来，落在我衣襟上。我轻声说道："你那香味需要用百花做引子，我看你苦苦支撑已经很难，何苦还要去魅惑他人呢。"那蝴蝶好像是听懂了，扑了扑翅膀，围着我又飞了起来。我叹了一声："感情的事情，你这点修行，还懂不了。去吧。去你该去的地方。"我挥了挥，把那蝴蝶重新放飞在空中。在耀眼的阳光下，它飞了几圈，终于消失了。

喜善在厨房喊道:"阿娇鸭快炖好了,老板娘你来尝尝啊!"我笑着答应道:"来了。"尝了一口鸭汤,真真觉得满口馨香,我微笑道:"梦厨谱记载,这阿娇鸭最适合给女子食用,既能养出好颜色,又能平心静气。人呐,总是希望花开不败,美人不白头,可不管是娇花还是美人,总还是要化作尘土。所以这道阿娇鸭,就是劝人莫留恋。"

喜善又问我:"那最后阿娇怎么样了?"我轻声答道:"和普通的女子,也没有什么区别。"

"汉帝重阿娇,贮之黄金屋。咳唾落九天,随风生珠玉。
宠极爱还歇,妒深情却疏。长门一步地,不肯暂回车。

雨落不上天,水覆难再收。君情与妾意,各自东西流。
昔日芙蓉花,今成断根草。以色事他人,能得几时好?"

五 · 小小豆腐

"笋子剥了没有？那些番茄给我用开水烫了去皮。还有鸡汤的浮油也要去了。今天晚上要用的蔬菜洗了没有，别到时又手忙脚乱。喜善不是我说你，来了这么久了，怎么样样还要我操心。"我叉着腰在厨房大呼小叫，喜善绷着脸端起一盆水泼在后院，冷冷地说："大姨妈来了就别下厨了。"这个喜善，真是要么不说话，说话就气死人。

我吆五喝六地喊了一番，喜善也不搭理，我讨了个没趣，干脆去前堂坐着喝茶。新买的银针不错，泡起来茶汤清爽，喝起来也清香的很。我拿了点早上做的火腿酥，配上清茶一壶，倒也落得自在。还要一会儿才到晚饭时候，一般也没有客人来，我干脆把脚跷在柜台上，拿一本书胡乱翻着，舒服极了。

这时却进来一个男人，神色慌张地闪身进来，直直冲向我喊道："素心老板娘在吗？"我直起身子，看过去，只看见这个年轻男人面容倒端正，可印堂上却笼着一团黑气，神色也枯槁的厉害。我再仔细一看，更见他嘴唇发白，双目无神，甚至双手都在不自觉地簌簌发抖。我见他的模样着实憔悴衰弱，明明看上去只二十有余，但眉目之间，却显出苍老的气息。我沉思了一下，猜不着缘由，只能先微笑着给他斟上一杯热茶奉上："我便是素心，不知道有何事来找我呢？"

那男人听我说完，顿时神色一震，双膝一软就跪在地上："你是素心？求老板娘救命！"我吓了一跳，赶紧扶起他来，又吩咐喜善端来一碗安神的天麻猪心汤嘱咐他趁热喝下。等那男人镇定一些，他才慢慢开口说道："我叫陈波。高中的时候，我和隔壁一个女同学叫珍珍的特别要好，后来上了大学，就慢慢疏远了。今年我大学毕业回家来上班，有天晚上和同事喝了酒，竟然在我家楼下又遇见了珍珍。她几乎和高中没有变化，只是更加娇媚。我也被色欲蒙了心，见她对我似乎有意，就带她回了家。一来二去，也就谈起了恋爱，她很奇怪，从来不在白天找我，只说上班太忙，总是深夜来，天不亮就走。我也没有想太多，前些日子，我在街上遇见以前一个同学，说起她，那同学竟然说她，说她高中毕业没考上大学，在家又复读一年还是没考上，就失踪了。大家纷纷传闻她已经死了，这可把我吓得不轻，我猜，我是不是遇上了女鬼。人都说鬼交会耗尽人的精力，老板娘你看我，枯槁苍老，这难道不是被那女鬼吸了真元？"

虽然陈波说得慌乱心切，我却忍不住扑哧一声笑了出来："陈先生你的想象力也太丰富了，鬼交？我想这世间，不应该有这样的女鬼吧，处心积虑，难道只为了换你一夜欢好？"陈波却摇摇头继续说道："前几天晚上她又来找我，看我神色慌张，就猜到我起了疑心。我求她不要再来找我，可她还是夜夜前来。我躲起来不回家，珍珍也有办法每夜寻了来。我身边有人，她就在我上厕所或者单独一人的时候闪现出来，要我不要辜负她。老板娘，我知道你是有办法的，是有人介绍我来找你的。求你帮我这个忙，你看我，现在吓得家也不敢回，班也不敢上。"

我听完沉吟了一下，笑起来："我是可以帮你，但是你拿什么谢我。"陈波愣了一下，赶紧掏出一叠钱摆在桌上："老板娘，早已备好酬金，如果事成，我还有重谢。"我笑着又把钱推回给他，陈波不解地看着我，我对他莞尔一笑："不用急，我要的东西，并不是钱。"我喊来喜善把陈波带去楼上的客房休息，而我就继续坐在前堂发了一会儿呆，手中不自觉地又打开了梦厨谱。不知道翻了多久，我的手指停在了一味菜肴上，纸上写着四个字：小小豆腐。我不禁细看起来，也不知道看了多久，我的脸上终于露出一点微笑。我喊来喜善，吩咐他一会儿就把这道菜给做出来。

等晚市的客人散去了，我和喜善坐在楼下静静地等着。喜善问道："老板娘，那陈先生口中的珍珍会来找他吗？"我轻声答道："她会来的。"话音刚落，只见灯光微微闪了几下，一个女子悄无声息地闪了进来。"你是珍珍？"我问道。那珍珍低着头，声音却似从很远的地方传来:"老板娘,我知道你不是一般人,我不为难你,你也不要为难我。我要找的是陈波。"

我没有回答她,却忽然对喜善说道:"去,把我晚上吩咐你要做的小小豆腐拿来。"我又扭头说道:"珍珍,夜深,我有点饿了,吃点东西,你不要见怪,等我吃完,自然带你去见陈波。"喜善很快就把豆腐端来,只见那豆腐被做成丸子形状,包着荸荠粒和猪肉馅,最上面用胭脂点了一抹浅红,白嫩却又娇媚,让人食指大动。我拿起筷子,尝了一口,忍不住说:"好吃。珍珍,你可知道苏小小?苏小小是南齐名妓,艳冠江南。却因为惹上了相思病,一病不起,终于魂断江南。据说她死后仍旧芳魂不散,经常在西子湖畔苦苦徘徊,等待她的爱人,驾着她最爱坐的油壁车来接她。"我又夹起一个小小的豆腐丸子,注视了半晌,叹一口气说:"苏小小的爱人终究未来过,又何苦要等那到不了的油壁车?"

那珍珍嘤嘤地哭起来:"我十九岁考试失败那晚,就从阳台跳了下去。在我纵身一跳的那刻,我便后悔了,于是这种悔意便留下了我那最后的一段意识。可能是这悔恨的残念太强烈,竟让我的意识化为实体,一直寻到了陈波那儿!"她捂着脸哭了一会儿,忽然飘到我面前:"在那十九年里,我唯一喜欢过的人就是陈波,我也不知道我是不是爱他,也许,我只是想试试那些我从未享受过的美好光景。我太笨了,不该因为考不上就自杀。"我沉默着，也不知该说些什么好，只能等她静静地哭着。

　　这时陈波不知道何时从楼上下来，他小声地唤道："珍珍，我不该害怕你。其实当年，我也是喜欢你的。"那珍珍抬起头，我终于看见了她的样子，还停留在她十九岁的模样，有些稚气未脱，有些青涩的模样。珍珍想要飘去陈波身边，我却拦住她说："就此别过吧。"我取出一把雨伞，对珍珍说："进来吧，我送你去该去的地方。"伞能聚三魂拢五魄，自然就能送走珍珍这抹残留的意识。珍珍回头再看了陈波一眼，我不忍心，别过脸去，我知道这一眼里，有的不只是对陈波的依恋，更多的是这个叫珍珍的女孩子对她失去东西的所有不舍。

　　把珍珍的意识送走，陈波却还守在店里，他支支吾吾地问我："老板娘，你还没有说想让我给你什么呢？"我把那盘冷掉的小小豆腐端起来，指着那上面的一点嫣红说："珍珍的意识明天日出之前就会彻底散去，你若真的想做点什么，就答应我，好好地过你的生活，别再辜负他人。"我顿了顿，又补充道："你的憔悴不是因为珍珍，而是你自己内心有愧，愧疚珍珍自杀的时候，你没能阻止。有空来店里吧，让喜善给你做些汤调理，不过这汤，我可就要收钱了。"我说完便径直上了楼，关上门的那一刻，我低声地自言自语："如果我死了，我残存的意识会去找你吗？"

　　等转日醒来，我起床下楼，看见初升的朝阳，忍不住对喜善说："你看，每天醒来能看见太阳，真是一件值得高兴的事儿。"

　　"幽兰露，如啼眼。无物结同心，烟花不堪剪。草如茵，
　　松如盖。风为裳，水为佩。油壁车，夕相待。冷翠烛，
　　劳光彩。西陵下，风吹雨。"

六 · 无猜饼

刚打开门，就有客人上门，只可惜上门的却是不消费的主儿。是小狐狸程衍，还带着一个清秀瘦削的小男孩。

喜善对程衍的意见可是非常大，一直嘴碎念叨着嫌他白拿了我的一根千年灵芝去救人。看见他来，喜善自然没有好脸色，从鼻孔里哼了一声，就去后厨剁肉去了，把砧板剁得咣咣直响，连前面都听得见。我有点尴尬，赶紧上茶请客人们落座。

程衍也有点不好意思，红着脸笑说："老板娘最近生意可好？"我眼尾扫过去，看见跟着程衍来的那个小男孩一脸局促，但是又有几分着急的神色，看来是有事相求。我不禁有些想逗逗他俩的兴致，故意慢慢地抿一口茶，故作难色道："最近生意不好，我倒是累得很。想今晚就收拾东西，定一张机票去度假。子归城里来来回回总是这些事情、这些客人，见也见烦了，我可真是不想管了。"我斜眼看过去，那清秀男孩的脸都涨红了，神色也跟着慌张起来，偷偷在桌下面扯着程衍的袖子。

程衍咳嗽了一声，赶紧说道："老板娘你就别拿我这位朋友寻开心了，他涉世未深，还嫩的很。"他也倒是乖巧，又抬头看一眼我的脸色，见我神色如常，便清清嗓子又说道："老板娘，我也就直说了。这位小兄弟叫作乔木，真真的是个好孩子，只可惜小时候得了一场病，于是再也不能讲话。"

我忍不住问道："小时候生的病？那么之前，乔木也是可以说话的？"程衍对我点点头，接着说道："乔木家的不远处有个小女孩，从很早起，两人就总是能在出门时候遇到，那女孩总会对乔木笑一笑，她有两个小小的梨窝儿，笑起来特别可爱。一来二去，我们这位乔老弟就被这女孩的笑脸打动了，每天起来，要是看不见女孩的一笑，就好像少了什么似的。现在那小姑娘也长大了，昨天两人又在路口碰见，那女孩居然主动和乔木打招呼，告诉他马上全家就要搬走了。我们乔木一下子不知道怎么办，想说点什么却又说不出口，结果情急之下，他倒好，干脆一扭头就跑走了。"

程衍说着竟还生气起来，一副恨铁不成钢的样子，乔木顿时羞得满脸通红。程衍又说："他和我有些渊源，便来找到我，连比画带写说了大半夜，我才明白他只想能让自己说几句话，去和那小姑娘道别。乔木知道自己不能没了分寸，只需要一小时的说话能力就好。"

我听完站起来，说："说了这么多，饿不饿，还是先吃些东西吧。"

我站起来走进后厨，吩咐喜善说："你取一些之前我熬制的枇杷贝母膏，再用油酥皮混上一些青梅酱，做一些无猜饼拿过来。"喜善没好气地说："又要发慈悲心了是不是？"我赶紧做出可怜相："喜善喜善，你看那孩子一派纯真，我们到底是不忍心的。就当帮个好孩子，你说是不是。"喜善翻了个白眼，故意只在那里给烧鹅刷一层脆皮汁，却不理我。

我想了想，装作失望地说："梦厨谱里是这么说无猜饼的：无猜之情，一生至宝。什么意思呢，就是说，年少时分没有沾染任何欲望的感情，最是可贵，就好像这青梅子做的酱，初尝有点青涩酸牙，但再吃几口，就觉得满嘴余香，久久回味。喜善，据说梦厨派其实是孟婆所创，她不忍人间至情被全部遗忘，这才写下梦厨谱，希望弟子们可以代替她守护这不沾红尘的至美之情。我们要是不帮，还有谁肯帮呢？"喜善不理我，只是默默地放下烧鹅，自顾和面做饼去了。我笑起来："好喜善，我就知道你总是面冷心热。"

我回到店前，故意不提程衍说的事，只让他们喝茶吃点心："这是我们店做的鸡油烧卖，用烤鸡滴下来的油脂混合火腿肉丁做的，香的很，乔弟弟你吃吃看。"男孩只愁眉不展地夹起一个烧卖，居然一副食不知味的样子。我瞪了程衍一眼，叹一口气说："你真是会给我找麻烦。好了，我就不卖关子了，等下你吃了无猜饼，24 小时之内都可以正常说话，去和那小姑娘说一声珍重吧。"喜善端着烤好的无猜饼来了，我拿出一个递给他："那时候青梅子熟了，小女孩够不着，对门的小男孩就举着竹竿子来打，再以竹竿为马，两人嬉戏作乐，这种情意，比那些山盟海誓的情情爱爱更动人。我不是为了帮你，只是觉得不能负了这片纯真。"

他二人谢了我后离去了，我坐在店门口，泡一杯青梅茶，慢慢地喝着，想起一个也曾和我打青梅骑竹马的人，和他，真的是好久不见，天人永隔了。

晚上临睡前，忽然听见窗户响，我打开一看，却飞进来一架小小的纸飞机，只围着我绕了一圈，又像是对我拜了三拜，才又从窗口离去了。我再去关窗，只看见星辰依旧，不知思念的那个人，是否已经化成天空中繁星的一颗。我低声说道："如再能见你一面，我也愿不顾一切。"

"郎骑竹马来，绕床弄青梅。同居长干里，两小无嫌猜。"

七 · 贵妃排骨（上）

"我要休假。我不想看店了。喜善，你说你一个人能不能又当厨子又当伙计？"我一边马不停蹄地包着馄饨一边大声地抱怨。喜善自然是不理我的，"我想去马尔代夫晒太阳！"我哀号道。"马尔代夫要花很多钱的。"喜善平静地说，"你有钱吗？"我立即闭了嘴，专心地继续包馄饨。我们一心居的馄饨也很特别，和别处的不一样，要在正中加上一点切成小块儿的肉皮冻，这样煮好的馄饨内含汤汁，格外鲜美。我得意地说："好厨子就是这样，哪怕是馄饨也格外别致。"喜善冷酷地对我说："这也不过是梦厨谱里传下来的吧。"我不服气地争辩："那也是我理解的好。"喜善头也不抬："照本宣科，不算是厨子的真本事。"

这个喜善，从来就没有表扬过我一句。

嘴上和喜善争强，但姨婆的梦厨谱我到现在为止也看的一知半解，很多菜肴由于她写得含混不清，加上一些食材我根本连听都没有听过，更别说知道去哪儿找来了。

　　中午客人不多，喜善一人就在后厨操持了，我倒也落得清闲。待收了午市，我便坐着翻菜谱，正好看到贵妃排骨这一道，上面只写着：排骨酥炸，佐番茄酱汁，以胡椒姜片提鲜，上等黄酒去腥，色似荔枝，酸甜可口。后面又用另一支颜色的笔备注了一行小字：唐皇思念贵妃，曾以彼岸花引魂，若加入此花，可见亡人。

　　"可见亡人。"如果能用贵妃排骨引来亡魂，岂不就能知道下落。不知为何，我竟激动起来，怎么早没看见这一行小字。但彼岸花，我到哪里去找这个该死的彼岸花。我大声地对着喜善喊道："彼岸花，你知道彼岸花吗，喜善？"

　　我话音未落，那只小狐狸程衍却笑吟吟地走进店里，听见我说的话，不禁答道："老板娘要彼岸花做什么？"我懒洋洋地看他一眼："你来做什么啊，不是又要找我帮忙吧。"小狐狸赶紧解释："我只是路过，想起上次在店里吃过的酥饼不错，想买回去给我女朋友尝尝而已。"我想起他刚说的话，好奇地问："你知道彼岸花？"

　　程衍点点头继续答我："我们狐族一直有传言，那彼岸花，就长在奈何桥下黄泉岸边，能唤起死者记忆，但只有忘川水才能灌溉，所以人间没有。"我沉吟道："忘川？"狐狸又接着说："只有死去的人，才能见到彼岸花。"

我忽然明白了姨婆的意思，用彼岸花做引，能唤起死者记忆，召回亡灵相见。我轰然一下站起，激动地对着小狐狸说："我要去找彼岸花！"程衍却被我吓了一跳，哆哆嗦嗦地说："老板娘，除非你能死而复生，不然你去不了黄泉啊，难道你这是，要想不开？"

　　我何尝不知道小狐狸的意思，但黄泉虽难到，可这一趟，我是去定了。我只知道，如果能找到彼岸花，就能做出贵妃排骨，见到我心里最想见的那个人，他到底是死是活。

　　程衍见我出神，又赶紧说："老板娘，你不要做傻事，这人死不能复生。"我狡黠一笑："小狐狸，人死当然不能复生，可如果只是掩住生气，走一趟黄泉路，也不是什么难事。再说我这有样东西，让我去那里，比你们都要容易。"

　　我又正色吩咐程衍道："今晚 12 点前你来店里，我有事要你帮忙。"小狐狸答应了离去。我吩咐喜善晚上不要做生意了，帮我准备一些馒头和肉骨头。喜善也答应一声去准备，他古怪地看我一眼，忍不住说："素心，你非要如此？"我对他一笑，喜善便不再阻拦，只是轻声对我说："你自己小心。"

　　终于时钟嘀嘀嗒嗒快到 12 点了，小狐狸也如约前来，喜善帮我准备了一口袋馒头和肉骨头，我揣在身上，安静地等着 12 点的到来。"这是我第一次用这个东西，你们知道是什么吗？"我掏出一支蜡烛，放在桌子上。喜善不解地望着我，小狐狸倒见过些世面，惊呼道："引魂烛。"我点点头："这是我的姨婆随一本梦厨谱留下来的，当时翻看姨婆的遗物，只记得在这支蜡烛上写着，'引出魂魄，遮掩生气'，我是从来没有用过，也不知道到底能不能成功。等下我会亲手点燃这支蜡烛，我的魂魄就会出窍下到地府，这支蜡烛只能烧一个小时，但是小狐狸，你要和喜善一起看好它，不能让它熄灭。如果中途熄灭，我，可能就再也回不来了。"我又正色道："喜善，万一有什么意外，你就关店走人，我的东西你都知道放在哪里，你自行处理了吧。"喜善不忍看我，只能沉默地点点头。程衍也对我郑重地点点头："果然关于一心居的传言是真的，孟婆创建梦厨派，有了这东西，我们也放心一点。"

指针终于走到了 12 点，我轻轻地划出了一根火柴，微弱的火光里，我点燃了那支引魂烛。忽然间，所有一心居的桌椅门窗，喜善和小狐狸都不见了，一团黑色的雾气把我瞬间笼罩，我像被一股无形的力量拉了一把一样，等那团雾气慢慢散去，我已经站在了一个完全陌生的地方。

我抬头看去，一块石碑出现在一条荒凉的路口，上面写着几个字：黄泉。

八 · 贵妃排骨（中）

这里看不出天色，不知道是早还是晚，抬头似乎天空就在头顶，伸出手去，却又发现那天一下又退的很远。没有太阳星辰，也没有风吹雨落。脚踩的似乎是坚硬的土地，却没有一丝灰尘。只有那条看起来短短的黄泉小路，蔓延向一个未知的方向。

我抬手看看手表，却发现指针已经不动了。我不禁心内一凛，不知道时间，只能尽快找到彼岸花，要是超过了一个小时，我只能永远地留在这地府了，做一个孤魂野鬼，永世不得超生。我定了定神，抬脚往前走去。

这条路看起来不长，却怎么也走不到尽头，远处有些模模糊糊的影子，却无论如何快步奔去，也不见那些影子清晰起来。我跑的累了，只好停下来先想想如何是好。姨婆不但留下了梦厨谱，还留下了不少奇奇怪怪的东西和记录。可我拼命地回忆，似乎也没有关于如何走这黄泉路的描写。程衍说，黄泉路边，奈何桥下，我可要怎么，才能寻到那奈何桥。可惜真是书到用时方恨少，怎么也想不起来。

我颓然地跌坐在地上，要这么下去，我真的就是一个死人了。

死人？我忽然灵光一现，想起姨婆遗书里留下的那句话：奈何，奈何，奈莫何。

也没有工夫再去思考这句话的含义，当下我便在内心默默念诵起那句话。哪知我这么默诵了一会儿，再抬头一看，前方本来模糊的暗影渐渐清晰起来，一座朴素颓败的小桥出现在路的尽头。我立即拔腿向前奔去。

奈何桥，我终于看到你了，彼岸花，我今日一定要采你回去。

我走到奈何桥前，那桥下就是一条细细的黄泉水，水面黑的如一滩墨汁，看不出涌动，甚至看不出这水会流淌。我再往四周看去，果然那水岸对面的一片空地上，开着一大片火红的彼岸花，在这灰暗压抑的地府，只有这一大片彼岸花，开放着令人心悸的诡异红色，如一片凄美的血液，惊心动魄。

我走到桥下，看来只有蹚过这黄泉水，才能去到彼岸。我咬了咬牙关，脱下鞋袜准备渡水。我的脚刚沾到水面，就感觉到一股摄魄的寒意，和人间的寒冷不同，这寒意仿佛是从心底里漫出来的，让人害怕和痛苦。可我还是得走，只能继续往前蹚去。水并不深，大概只到我的小腿，我走了几步，忽然一只手从水里伸了出来。那是一只枯手，没有皮肉，在那只手之后，千百只枯手从水里纷纷伸了出来，还伴随着凌厉的哭啸声。我悚然道："饿鬼！"

饿鬼是这地府最恐怖的存在，他们不能往生，不能超度，只能日日夜夜泡在这黄泉水里，忍受饥饿的煎熬。一旦闻到血肉的气味，饿鬼就会扑上来。虽然他们永远无法填饱肚子，但是本能仍旧让他们爬出来，要把我撕个稀烂。

我掏出怀里喜善准备好的馒头和肉骨头，撒向四周的饿鬼。饿鬼纷纷哄抢起来，我趁着他们去抢夺食物，赶紧朝着彼岸渡去。好不容易爬到岸上，我内心的惊惧还是无法平复，腿也因为水里的寒意而瑟瑟发抖，眼看彼岸花就在眼前，我却一步也不能挪动。

我平复了一会儿，时间已经不多了，我咬紧牙关站起来，准备去采一朵彼岸花。这时却听见一个声音呵斥道："怎么会有生魂在此！"

九 · 贵妃排骨（下）

两个身影同时落在我身旁，两只冰冷的手也同时锁住了我的喉咙。

来者一人着黑西装，一人着白衬衫，面目可憎，凶神恶煞，更令人生怕的是，两人的眼白处，都是血红！

他们大概是因为刚刚我强行渡黄泉水惊动了饿鬼才发现有生魂闯入。我动弹不得，只能拼命地想挣脱那两只没有一点温度的大手，他们看起来没有用一点力气，但那两只手却如一把铁锁，我只能眼睁睁地看着彼岸花就在我眼前盛放，却伸不出手去采摘。

这对黑白兄弟冷冷地问道："你到底是如何到达这黄泉地府的？"他们抬起我的头来，却同时惊呼一声，手上的力道也顿时松懈，我立刻跌坐在地上。"怎么会是你？"他们一起喝道。那黑西装男语气却变得缓和起来："好久不见，你怎么会回来？"我并不知道他为何这么问，我看过去，两人可怕的眼里却透着一丝关切。

　　我的时间已经不多了，看来我只能先争取到他们的信任，才能有机会摘到那彼岸花。我清了清嗓子，柔声说："我为什么不能回来。"白衬衫男叹了一口气，把我扶起来，说道："你快走吧。要是被阎君知道，我们也没有办法保你了。"听到这里，我已经是满肚的疑问，到底是怎么回事，为什么这两人却好像和我很熟的样子，为什么我不能被阎君发现，为什么我回到这黄泉地府，竟有一种熟悉的感觉。想到这些，我不禁呆住了。

　　他们又催促道："快回去吧，我们送你到路口，你赶紧返回人间。"我不敢再拖延，只能以实相告："我是来摘彼岸花的。"黑白无常却勃然变色，他们互看一眼，齐齐挡在我身前呵斥道："孟婆，你不能一错再错！"

　　孟婆！听见这两个字，我却是一愣。传言中，梦厨派便是传自孟婆，姨婆教我如何熬制忘情汤，让我按照梦厨一门的训言，帮助天下有情人。可为何这两位陌生男人，只是看我一眼，便说我是孟婆。而我，也的确可以靠煮食菜肴来通灵引魂。难道，我的前世就是那奈何桥边熬汤的孟婆？

　　我内心一片疑云，但此刻也不是问个究竟的时候，只能顺着这两位的话继续说下去，也许还能有转机。

　　我凄然地笑道："我不知道当年为何我会被赶出地府，可是今天我既然来了，我就必然要带走这彼岸花。"黑西装上前一步逼问我道："难道你还要为那男子再一次叛出地府。"我摇摇头说:"我早已再世为人,不是什么孟婆了,当年的事情我已经忘了,可是现在,我的确要为了见一个人,来摘走这彼岸花。你们要是放我一马,我就摘走悄然离去,但你们要是拦我,我只能硬闯!"

那两位凶相顿显,一对儿长舌从口中忽然伸出,大吼道:"孟婆当年也许我们不是你的对手,可今日你只是一个普通的生魂,如果还执迷不悟,小心我们的祭魂幡,打的你魂飞魄散,灰飞烟灭,永不为人!"我牙关一咬,退后一步应道:"我素心今日虽然不是什么你们口中的孟婆,但也不怕你们这一对儿黑白小鬼!"

我长啸一声,从怀里掏出一把火折子,凭空晃动两下, 顿时燃起一道金黄火焰。我冷冷一笑,喝道:"你们不会不认识这是什么吧!"黑白兄弟变色呼道:"三昧真火!"我念了一个真诀,火势顿时变大,呼呼地燃烧着向黑白无常涌去。在火光的映衬下,我脸色也忽明忽暗:"识相的就赶紧走,你们知道三昧真火的厉害。"他两人对看一眼,交换了一个眼色。退后说道:"孟婆,我们今天放你一马,如果还有下次,我们绝不轻饶!"一黑一白两道身影顿时飞去,而这可怖的黄泉岸边又只剩我这一道孤魂。

我摇灭了火折子,嘘出一口长气。其实我已看出, 这两位是有心放我一马，不然以他们地府使者的本事，怎么会怕我这区区凡人。我走上前去，伸手采下一朵彼岸花，那一刹的火红终于在我手里绽放开来。我紧紧地把花抱在怀里，喃喃自语道："你是否还存在于这个世界上，我终于要寻个明白了。"

我收好那朵来之不易的鲜红花朵，赶紧往黄泉路口退去。不然再待下去，我只怕就再也回不去了。待到了路口，我咬破舌尖，喷出一口热血，破掉那引魂烛的法力。一阵黑雾再次涌来，我在这雾茫茫的包裹中，回到了我熟悉的一心居。

喜善和小狐狸正守在那燃烧将至的蜡烛前，惊喜地看见我对着他们微微一笑："我回来了。"

说完这句话，我两眼一黑，就不省人事了。

"临别殷勤重寄词，词中有誓两心知。
七月七日长生殿，夜半无人私语时。

在天愿作比翼鸟，在地愿为连理枝。
天长地久有时尽，此恨绵绵无绝期。"

第二章

味·寻心

十 · 黄粱粥（上）

等我再次醒来，已经躺在一心居楼上我那张舒服的大床上了。窗外正在下雨，空气凉凉的，我坐起来，贪婪地呼吸了几口这潮湿芬芳的气味。不知为何却觉得踏实极了。

但是紧接着，我就怒吼起来："喜善！是不是你给我脱了衣服！"喜善端着一碗米汤走进来，面不改色地说："你那身衣服谁知道沾了些什么脏东西回来，留着难道还要等过年再穿吗？你昏了一夜，我也不能留你就躺在大堂啊。"我狠狠地瞪着他，喜善放下米汤，继续补充道："衣服扔了，至于你，还真没什么看头。"说着还边摇头边出去了。

我气得跺脚但也拿喜善没有办法。即使睡了一夜，还是浑身酸胀和太阳穴突突直跳。对了！彼岸花！我看了看房内，喜善已经把那朵彼岸花插在桌上的花瓶里，经过这不平凡的一夜，那花却和刚摘下一样，开的火红依旧。我小心翼翼地抚摸了一下花瓣，手指传来的是在那黄泉水里浸泡一样的凉意，我收回手，盯着那如血一般的彼岸花，喃喃道："就快知道你，到底在哪儿了。"

　　我站在那里，想起在地府发生的一切，那对黑白使者说我是孟婆，他们显然不是认错了人，这一切到底是因何而来，我还不得而知。但我现在却有个想法，姨婆之所以选择我作为一心居的继承人，显然不只是我们之间的血缘关系而已。还有那句她留给我能见到奈何桥的遗言，以及现在看来，更是充满了神秘的梦厨谱，还有很多一心居里留下来的几乎是宝贝的通灵器物，到底背后有个什么样的秘密。

　　我头剧烈地疼起来，而其中关窍，是怎么也想不明白。

　　这时喜善却在楼下唤道："老板娘，有客人找你！"我收了收心神，将房门掩上，下楼去看是什么人前来。等我走到店堂，只看见喜善指了指一个失魂落魄的男人，说道："老板娘，就是他。"我抬眼看去，却看见那个男人穿一件不知多少天没洗过的西装，皱巴巴地贴在身上，满脸的胡子，一副落魄模样。我轻轻咳嗽一下，他抬起头看向我，一双眼布满了红丝，也不知道多少天没睡了。我的记忆一下子飘得很远，我还记得我也曾经有过这么一副样子，不吃不睡，也不想洗漱出门，一切都不存在了，只剩下一副空旷的肉体。

　　"你找我？"我轻言问道。男人的眼神空洞地看过来，他等了很久，才哑着嗓子说道："听说你能让人忘掉心里最爱的那个人，是不是？"这些要求，我不知听了多少次，但这次不知怎的，我却忽然有些失望。

我故意笑起来说："平常忘记一个人，的确是很难，但是在我这一心居，却是很容易的事情。"那男人的双眼仍旧空的几乎看不到我："那好，请让我彻底忘了她。"

我再次笑了起来："我可不轻易帮人的。"喜善听见这句话，忍不住从鼻孔里喷出一个"哼"字，表示对我的不齿。我瞪一眼喜善，接着说："不过我今天心情非常好，所以你的要求，我的确能满足你。不过……"我故意停顿了一下，接着说："你要告诉我，你为什么要忘掉那个人呢？"

男人的脸色变得扭曲起来，他似乎是在回忆什么让他最痛苦的事情，我看见一颗眼泪从他的眼睛里淌落，他闭上那双通红的眼，轻轻地说道："她，已经死了。"

十一 · 黄粱粥（下）

我静静地看着他，等他继续说下去。他平复了一会儿，终于又开口说道："我们其实从来没有在一起过。她是我的上司。我不是不知道她喜欢我，我知道她的感情，但是是我太懦弱了，我害怕别人会说闲话，害怕别人说我是因为她比我更有地位才和她在一起的。"他的声音越来越激动，终于像一只受伤的狼一样呜咽起来。外面的小雨还在滴滴答答地下，喜善总是把一心居的玻璃窗擦得很亮，我侧过头，看着雨丝一点点连绵起来，脑海里蹦出四个字：旧欢如梦。

我忍不住还是叹了一口气，这人的思念，就如同落雨一样，你并不能清楚地了解自己的感情，不知道它何时只是几滴毛毛雨，何时又变成了倾盆之势。

"所以呢，因为她死了，你才后悔了是吗。"我的声音听起来，应该是很冷酷的。但男人却并不为意，他凄凉地笑了一下："那天她知道我病了，特意熬了粥给我送来，我不但不喝，还故意把碗摔在了地上，说了很多故意气她的话，想她放弃我算了。她失魂落魄地走了，哪知道，在过马路的时候，她大概是因为，被我彻底伤了，哭的晕晕乎乎，连红绿灯都没看到，就……"男人的呜咽变成了号啕，连喜善都侧过了脸去，不忍心再看。我忽然冷笑一声："你的确懦弱，你爱她，却要忘记她，我从来没有见过这么胆小的人，连承认爱一个人，都不敢。"男人沉默了一会儿，终于又说道："是，我爱她，可是我已经没有机会告诉她了。"我继续冷笑着逼问道："若是你可以呢？"喜善听到我的话，眉头一皱，插话阻拦道："素心，你要做什么？有些事情可以大方，有的东西，是你差点丢了性命……"

我又何尝不知喜善的好意呢，但我还是对喜善笑了一下，说道："喜善，姨婆留下一心居给我，这些年你也知道，我日日学梦厨谱，烹饪佳肴美食，就是为了帮助天下为情所苦的人。我既然做了一心居的老板娘，就必须要把这件事做好。喜善，备菜吧。"喜善欲言又止地看着我，终于还是转身去厨房了。我倒了一杯热茶给那男人，轻声地说道："给你一个机会，让你能对她说那句没说出的话。"他忽然一把抓住我的手，激动地说："老板娘，可以吗？我真的还有机会吗？"我点点头，叹道："如果爱的人已去，可是我们却总是还有很多话想说给他们听。有时候甚至想，为什么离开的人不是自己。其实我也很懦弱，我虽然是在帮你，但，也是在帮自己。"我不知道这个男人听懂了多少，但这些话，我更多的是在说给自己听。

　　我拍了拍他的肩膀："你坐一下，我上去取一样东西。很快，你就能再见到她了。"

　　我走进自己的卧室，从花瓶里拿出那朵依然红艳的彼岸花，不由得苦笑了一下，费了那么多力气，却还是不能知道他到底身在何方。也许是我还没准备好吧，我可能还没有勇气接受，他如果真的已经死去，我又该如何。一天不知道他的下落，就一天还有希望。我闭上眼，仿佛听见姨婆在我小的时候微笑着牵起我的手说，素心啊，以后姨婆教你做菜吃，好不好啊。

　　是啊，也许真的还不是时候，我也还有很多谜底没有揭开，要等到一切水落石出之日，我也就自然能知道该怎么做了。

　　喜善在楼下喊道："老板娘，菜好了！"我收了收心神，拿起那朵我以命相搏的彼岸花，去帮助又一个为情所困的人。贵妃排骨已经端了上来，冒着蒸腾的热气，排骨炸得酥脆可口，浇的是红艳艳的番茄酱汁，酸甜的香气让人食指大动。我拿起彼岸花，轻轻地在手里揉搓一下，一道嫣红的汁液滴落在排骨里，竟然在空气弥漫出一股勾魂摄魄的香气。我把排骨推到男人面前："吃吧，吃之前，想着那个你最想见的人。"他闭上眼，脸上浮现出一种幸福的神色，大概是想起了他们曾经的时光。

男人夹了一块排骨，毅然地放进了嘴里。忽然地上冒出了一道淡淡的紫光，一个不是那么清晰的身影出现在了我们眼前。是一个姑娘，她温柔地笑着，望着她眼前那个已经泪光闪烁的男人。"你还好吗？"她的声音如同外面的雨声那么清纯温柔。"许诺，都是我不好，都是我的错。"男人想冲过去抱住她，却发现，那只是一个影子。"她的确已经去了，这只是世上残留的她的最后一道意识，时间不多，你想说什么就说吧。"我对喜善挥挥手，转身走到后厨去，把这不多的时间，留给这对生死永别的爱人。

后厨的小锅里在嘟嘟地冒着热气，我好奇地问："喜善，你这是在做什么？"喜善不发一言地揭开盖子，原来是一锅小米粥，很快就要煮好了，软糯金黄的在锅里发出动人的咕噜声。"怎么想着煮小米粥？""黄粱粥，给你的。"喜善的话总是那么简练。

我愣了一下，把头靠在喜善的肩膀上，静静地等这锅小米粥煮好。要是这漫漫苦夜，没有一碗热热的东西喝下去暖一暖心和胃，还真的是，过不去啊。

"盼君一唱乾坤晓，唤醒黄粱梦里人。"

十二 · 晾竿白肉 (上)

"今天的芙蓉鸡片不错，再拿鸡油给您炒个豌豆苗，还有上好牛腱子做出的卤牛肉，用芫荽和辣椒油拌了，淋上一点米醋和蒜子油，下酒特别好，您看怎么样？"

今天生意不错，来了好几桌喝酒的客人，我也舌灿莲花般正给客人推荐今天备好的特色菜。"老板娘，你家的菜确实不错，就是店里也不安排几个好看的服务员，"他朝着正在上菜的喜善努了努嘴，"把这个给换掉好了，我每次来，看见他就害怕，要是服务员都像老板娘你一样亲切就好了。"喜善的耳朵倒是很灵的，他猛然回头，那脸色就像刚端上来的酱爆茄子一样黑。我赶紧笑着和客人解释："他可不能换，您吃的菜可有一大半是他炒的。我们店没有美女，只有美食，看美女的地方还少吗，总得有个地方是吃美食的吧。"

和客人寒暄一阵，却是说的唇干舌燥，我干脆走去后厨挽起袖子炒菜。我看一眼点菜单，第一道写的是，晾竿白肉。我抿嘴笑了起来，好久没做这道菜了。梦厨谱里倒也有现成的方子，我只在刚学这道菜的时候照着做了一次后，就再也没客人点过。

　　我回忆一番，发现有些步骤竟有点记不起了，于是吩咐喜善看着火，我匆匆跑进房间拿来了菜谱，翻到晾竿白肉那一页。梦厨谱上写着，得用上好的猪臀尖肉加老姜黄酒煮熟，再用清水漂尽油腻，佐黄瓜薄片置于竹竿上，配辣椒蒜泥蘸料，麻辣爽口。后面还写着蘸料的具体做法，秘方就是辣子里，还要以研碎的新鲜花椒和八角用热油滚过一起调和，这滋味才会更加的刺激。我一点点看下来，却发现角落里还用一行极小的字写着一句："若以荷叶包肉，加以莲子煨煮、将黄瓜改成莲藕薄片，以瑶池花为引，可不负如来。"

　　这是什么意思，我一时想的呆住，菜谱并不复杂，原料也都是姨婆留下来的，但是这句"不负如来"，说的却是什么呢？那边的喜善号叫起来："该上菜了，老板娘！"我来不及多想，只好先放下菜谱，按着点菜单一一操持起来。蒸笼里的肉卷差不多好了，得用青花椒配上用小研钵捶烂的小青尖椒，再来那么一点儿碧绿的葱花，用热油一淋，再浇在用薄薄的牛肉片裹着芋泥蒸熟的肉卷上，顿时麻辣鲜香的味儿一起涌上来，连我这厨子都馋了。小砂锅里慢火煨着的是小排骨炖绿豆海带，清新解热，配这道香辣肉卷最好。我把汤盛好，肉卷挨个儿摆整齐，再把早就拌好的青笋丝夹出一碟子，就赶紧吩咐喜善来上菜了。

喜善皱眉说道:"不是点的晾竿白肉吗?怎么换了肉卷?"我笑着说:"就和客人说白肉没有了,这道菜也是麻辣鲜香,但价格还更贵呢,你让客人放心,我们不多收钱。"喜善狐疑地看我一眼,还是端着菜去了前堂。我又拿起菜谱,望着那句,可不负如来出神。

这时候忽然有声音喊我:"素心老板娘,看什么看得这么出神?"原来是小狐狸程衍,他一边掀开砂锅盖子看炖的是什么,一边又把手伸向盛着要做手撕鸡的一只整鸡去。我啪的一声打向他的手,笑着说:"果真是狐狸改不了吃鸡!"

小狐狸讪笑着收回手,这才正色说:"老板娘,我是想问问你要不要去看热闹的。城外的一只小梅花鹿要褪去修行,改做凡人。你知道,要做凡人必须过天劫,今晚就是他渡劫的时候,要不要随我去看看?"我一挑眉毛,放下手中的菜谱,忽然有种奇怪的感觉涌上心头,直觉告诉我得去看看。

但看了一眼正偷眼看我的程衍,我还是抿嘴故意笑着说:"一只小鹿,哪来这么大胆子,还敢渡天劫,一道天雷估计就能把他劈的魂飞魄散。小狐狸,该不会是你又有什么鬼主意吧?"

小狐狸不动声色地说:"老板娘,我只是好奇,想去偷偷看一眼,反正这全城的各路人马，铁定都会去凑个热闹，你不去，那就太可惜了。"我也不动声色地接上："那就去看一眼？"小狐狸笑着说："晚上12点，我来接你。"他说着，手又伸向那只鸡，我咳嗽一下，再一次狠狠地打向他的手。"小气！"小狐狸说完就恨恨地走了。喜善也收拾好了前堂，准备打烊。

"喜善，你说，什么叫作不负如来？"我忽然问他。喜善一愣，我这没头没脑的话他显然也不懂。我叹口气，挥挥手表示算了。喜善继续把桌椅摆整齐，忽然又抬头说："不负如来不负卿。""这句话的意思是？"我见喜善搭话，就继续追问下去。

"我只觉得，不辜负如来容易，能不负心上人，才难得。"喜善说完，就端起撤下的碗碟去了后厨，只留下我，呆呆地站在原地，继续品味着这句话的意思，终究是，笑不出来。

十三 · 晾竿白肉（中）

今晚的夜雾特别浓重，似乎天幕都被活生生地压低了好几分。喜善知道我要和程衍出去，只吩咐了一句自己小心，就早早去休息了。我独自坐在桌前等小狐狸，手边依然是那本不知道看了多少次的梦厨谱。这本菜谱，不知道经过了多少人，也帮助过多少人，甚至，有多少菜，曾经被人品尝过，又治愈了那些吃它们的人。

我翻在晾竿白肉那一页，不负如来四个字就好像有魔力般一直吸引着我的目光，而我的心跳，竟不自觉跟着慌乱起来，好像有人在提醒我说，这里面有玄机。到底是什么意思呢，姨婆的标记不会没有缘由的，还有那瑶池花做引，又是什么来头。我忍不住扶住了额头，深深感到自己的愚笨。哼，如果和喜善说，他肯定要笑我，没有天分，就别学人充大头。

正在伤神，只看见窗口一阵淡黄的轻烟飘进来，还夹着一点点臊气——是程衍来了。我盖上菜谱，微微的收了思绪，头也没抬就问："到时间了？"小狐狸人未显身，却有一股力量已推着我走到窗边，指着郊区方向说："看见那边聚集的云海没有，天雷已经在那边徘徊了，就等着渡劫的时候发动，十八道天雷啊，我看这只可怜的小鹿，是真的要挂在今晚了。"小狐狸居然露出一丝不怀好意的笑意，他跳坐在窗台上，翘着脚一副优哉游哉的样子。

我也不催他，走下楼去倒了半壶青梅酒，又取了几只糟好的鸭爪，干脆自斟自饮起来。天色越发的暗沉逼仄，配上这美酒佳肴，直让人不想动弹。我吃吃喝喝，竟也乐得多等一会儿不用出去。小狐狸终于还是沉不住气了，他拍拍巴掌从窗台上跳下来，走到我面前拿起酒壶直接倒了一口，粗声说道："老板娘，你不会不出手吧？"我故意问："我出手什么？本来不是要跟你去看热闹的吗？"小狐狸终于是憋不住了，干脆拉着我的手喊道："边走边和你解释，你又不会遁地飞天，咱们到那儿还得要点时间呢，再不走就来不及了。"

一出门，我就感受到来自头顶的压力，果然天威不可触怒，这种力量的巨大，仅仅还在酝酿，就足以让人觉得不同小可。小狐狸的脸色更显得着急，拉着我打了个车到了山脚，一下车，他上山的脚步也越发急切。程衍一边走，倒不忘和我交代——原来这只要褪妖为人的小鹿妖本也是和小狐狸他们一起修行的伙伴之一，本性忠厚纯良，大方可亲，所以这些小妖都和他交好。他本身又悟性极高，却从不藏私，经常把修行悟到的法门告诉大家，所以在做妖上还是很成功的。谁知这个小鹿妖几个月前，经常一个妖跑去城里的网吧上网，结果还和一个同城的女孩网恋了。小鹿妖当妖虽然已经快百年，但是恋爱却是第一次，连面都没有见过就已经彻底沦陷。每天茶不思饭不想，修炼也无精打采，只等着每天进城去上一会儿网。本来这样在网上聊聊也就算了，谁知道女孩主动提出是见面的时候了，鹿妖就慌了神，虽然他修炼的进度已经不算差，但是因为时间还不是太长，头上的两个小犄角也没有完全褪掉，平时要见人都是戴着帽子，可是万一见面的时候败露，那可不得了。他拒绝推诿了两次后再也没有借口了，于是答应了女孩下个月不见不散的死约，于是才有了这要渡天劫褪妖身的事情。

等小狐狸把来龙去脉讲清楚，我们也已经到了郊外的半山，小狐狸苍白着脸说："老板娘，你有没有法子啊，我们可真的不想小傻鹿就这么不明不白的死了啊，他又倔，劝是劝不动的，好歹保住一条妖命，也不枉修行了这么久。"我叹了一口气，皱着眉望向空中已经隐隐在蓄力的天雷："我暂时也没有好主意，只能走一步看一步了，先赶过去再说吧，救不救得了只能看缘分了。"

十四 · 晾竿白肉（下）

我不能飞行也不能遁地，只能靠两条肉腿硬走到了半山的开阔地处，等我们到的时候，发现小狐狸说得对，全城的妖魅和修行人都来看热闹了，只不过谁也不敢走去鹿妖打坐的空地处，只敢躲在远处的矮林里或者小树上，天雷不是开玩笑的，万一要是劈错了，可能就是魂飞魄散。我低声问小狐狸："这只小鹿到底修了多久？"小狐狸凝重地看着空地那边，一刻也不敢挪开眼睛："已经过百年了，他们鹿妖因为本性淳和，所以在外表上的进阶比我们狐族要难很多，我们一百年就可以褪去兽身，他们得要足足多花一倍的时间呐。"小狐狸停顿了一下，又说道："不过虽然他们外形改变难，法术的功底却很扎实。不知道他这次能不能……"我皱着眉摇摇头说："难，毕竟是天雷，我看他扛得住两三下，但如果雷来得急而猛，怕是不行。"

我拿出一颗碧绿的聚魂珠，郊外一片浓黑里，这珠子的隐隐光芒却显得格外耀眼。小狐狸一看珠子就喜上眉梢："老板娘你有这种宝物，小鹿这次是有救了！"我摇摇头："还不好说，聚魂珠也只是防住万一，只要一会儿天雷的重威之下，他有生魂溢出，你马上拿着珠子过去放在他嘴里收敛住他的魂魄，然后我们再想别的办法。"我皱着眉看那越聚越低的乌云和云里已经在滚动的电光，心里竟是一阵狂跳。望过去，鹿妖念着一个法诀也站起了身，蓄起了一个淡绿色的防护罩，在这暗无边夜里更让人觉得摇摇欲坠，毫无依傍。

第一道天雷要来了！

只见天上密布的乌云里忽地裂开一道恶生生的口子，一道金光射出来，紧接着第一道天雷就打了下来，所有人和妖屏住了呼吸，轰隆一声巨响，就好像一把大刀劈在防护罩上，那本来就只是淡淡的绿光顿时又暗淡了不少，小鹿妖对着四周点点头，表示他还可以撑得住。

须臾之间，空中的云层又是一阵令人心悸的翻滚，几团黑云似乎合起来往下又压低了几分，而那令人不舒服的黑色云团里，又裂出一道天雷，这道比刚才的金色雷要略红一点，只看天雷顿时朝着小鹿妖的防护罩狠劈了下去，又是一声巨响后，那小小的防护罩的浅光终于摇曳了几下之后，彻底地消散了，小鹿妖显然也是不堪重负的一下跪在地上，一副精疲力竭的样子。

"小鹿！"小狐狸惊叫一声就要冲下去，我一把拉住他，因为，第三道天雷在这时候，已经从空中猛劈了下来。这道天雷已经发出暗紫的光芒，我只感觉到耳部因为这巨大的声音而生疼了一下的时候，天雷结结实实地劈在了小鹿妖的身上，一阵浓烟之后，小鹿妖嘘出最后一口妖气，倒在了地上。我拉住要冲上去的小狐狸："再等一下！"天雷大概判断小鹿妖已死，顿时天上密布的黑云迅速散开，本来黑的如墨一般的天空也显出原本的清朗，我大喝一声："小狐狸，快！就是现在！"

小狐狸飞一般奔到小鹿妖的身边，将那个聚魂珠塞进他嘴里，几道小小的绿光从四周被吸回了他的身体里，看来魂魄是保住了。小鹿妖不知哪儿来的最后一丝力气，他睁开眼低低地说："我，不想负她。接着就又昏了过去。"我听到这句话却是一愣，不负她？

不负如来不负卿！我一下懂了姨婆的意思！我欣喜地抓住小狐狸的手，急切地说："快带小鹿回一心居，我有了救他的法子！"

"自恐多情损梵行，入山又怕误倾城，世间安得双全法，不负如来不负卿。"

十五 · 灯花馒头

　　我和小狐狸把小鹿妖一起带回一心居，好在有聚魂珠可以拢住他的魂魄，一时倒是不至于魂飞魄散，只是昏迷过去而已。程衍担心地问："要什么时候才能醒来？"我叹口气："暂时是还不行，我虽然想到办法，却凑不够救他的食材。不过你也不要太担心，有聚魂珠保着，一年半载小鹿都不会有事的。我们慢慢再想办法吧。"

　　程衍有点好奇地问："是什么食材老板娘你都没有？"我喃喃地说："要以瑶池花为引，才能重新让他现在用聚魂珠强行拉住的魂魄重新汇聚成形，可惜的是，这瑶池花不是凡间的东西。"程衍点点头，看了一眼闭着眼睛的小鹿妖，只能说："我们都留心才行。我也去和族里的各位老大求求，看看他们神通广大，知道不知道从哪儿，能找到瑶池花。"

　　这时喜善在院子里直着嗓子喊："自己吃也就算了，还带一个来，不害臊。"我扑哧笑出来，程衍涨红了脸冲出去想找喜善理论，我跟过去看这两个人的热闹，只看见喜善抱着一只肥胖的黄白大野猫，冷着脸对剑拔弩张的狐狸说："又不是说你，我骂猫。"他又对我说："老板娘，灶上炖着野鸡汤，你去看一眼，别叫我煮坏了。"

他顿了一顿："人要帮，生意倒也不能不管了，这片小店，终归不是我的，是你的。"程衍听见喜善动了真怒，只能讪讪地看了我一眼，低声道："那小鹿就暂时先拜托老板娘了。"喜善又是一声咳嗽，看来是真的极不耐烦了，小程衍马上脚底抹了油一样瞬间消失在一心居。

我嬉皮笑脸地凑过去："喜善去帮我削几个新鲜的荸荠，我拿来滚野鸡汤，野鸡味腥，只有新鲜荸荠的清香能中和一二。"喜善闷哼一声去干活，但还是黑着他的锅底脸，不肯和我说话。我知道，他是真的有点生气了，怪我总是因为烂好心救人回来，喜善是个好帮手，一心为了店好，什么粗活累活他都抢着干，不肯让我插手。

为了让喜善别再生气，我赶紧麻利地下厨准备当天的菜肴。喜善买了新鲜的大南瓜，先取一大块蒸笼蒸熟了细细地碾成泥，和大米、牛奶一起打出浆来，点上蜂蜜，香的不得了。又把稍软的部分切了小块，用咸蛋黄、玉米粉调了刮浆，裹好一层下热油锅一炸，金黄可爱，外酥内软。喜善凑过来看了一眼，撇着嘴说："今天是南瓜宴吗？这么素，怕客人不爱吃。"我讨好地拍拍喜善："一会儿我再炒个子姜鸭，青鱼也糟的很好了，配上你昨天就卤好的猪舌头，今天的菜色，保证客人足够喜欢。"喜善的脸色稍霁，我也悄悄松了一口气。

哪承想刚刚备好菜，却忽然下起白面筋一样的大雨来，半个城都汪了水，街上半个人也看不见，对面的几家店干脆落了门脸不营业了。喜善气坏了，屡次想伸头出去看看是否有客人的影子，都被兜头浇了个脑门凉。实在没有客来，喜善只能自己找了窗边的一张桌子，泡了一壶茉莉花猛喝，一边喝还一边嘟囔："早不下晚不下，偏偏有的人今天要干活了，就照顾起她来了。"我只能偷笑，其实客人来不来，还真倒是没什么。我半掩上门，也拿了一只杯子和喜善一起喝茶。隔窗听雨，真也别有一番风味，整个子归城内白茫茫一片水汽，本来最热闹的街都安静的只剩雨声。

我忽然记起，以前也是这么一个下午，我坐在窗边喝着茶听雨等他，却怎么也等不来。最后很晚了，他才一身湿嗒嗒地敲门，还不忘带上我爱吃的灯花馒头。

我嘴角牵出一丝笑意，不由得感觉到一丝久违的温柔："喜善，还有些南瓜，我们做一点灯花馒头吧。"其实听来有趣，做法倒是简单，用南瓜泥和的面做芯子，外面再用普通白面包上，最后顶端割上一个十字花刀，等蒸好后，顶端爆开的南瓜花，恰和蜡烛爆灯花一样可爱。

我洗手和面，上屉开火，很快馒头便热气十足地端了上桌。喜善掰下一块刚蒸好的热腾腾的馒头："老板娘，灯花馒头也是梦厨谱上的，怎么从未见过你做，又有什么用处？"我望向那不知道何时才会停的雨：
"不，就只是馒头而已。"我又去倒了一杯桂花酒，在这一心居里，痴
痴地想醉一场。

　　"黄梅时节家家雨，青草池塘处处蛙。有约不来过夜半，闲敲棋子落
灯花。"

十六 · 雨前虾（上）

"老板娘，前几天在江浙小馆吃了软熘虾仁，总觉得清香有余，但不够鲜美，一心居有没有做虾仁，想吃的很呐。"相熟的食客找我点菜，我赶紧转身笑道："虾仁这几天市场上买到的都不够新鲜肥美，再等几天，到时新酿的米酒也好了，刚刚相配。"那边又有人在喊："老板娘，点菜！"我忙走上前，客人指着邻桌摆的八宝鸭子问："这个好吃哦？"我含笑建议："您一个人吃这个恐怕太多容易腻，我们后厨还有上好的酱鸭，我切一小碟子，配上今天刚做的苦瓜酿肉，再端一个海带绿豆煨排骨，您看怎么样？"客人点点头，我也赶紧去后厨吩咐喜善备菜。

等好不容易忙完这一波客人，真是累得腰酸背痛起来，我干脆在院子里拉过一张椅子做瘫死状："喜善，我也饿了，给我用酸萝卜炖一只上好的筒骨，出锅前加上千张丝滚一下，再配一碗青豆腊肉饭！"喜善扛着一根刚送来的金华火腿默默地走过，甩下一句冷酷的话："厨房还有两个冷掉的千张包子，你凑合吃一下吧。"我哀号道："我作为老板没有一点尊严和权利！"喜善忽然挤出笑容对我和颜悦色地问："早上看见有人卖不错的虾，要不要多买一点。"我有气无力地挥挥手："喜善你做主就好，快给我拿一点吃的，真的好饿啊，我一个厨娘要是饿晕过去了，传出去不是笑话吗！"

喜善进厨房不知忙了点啥，变魔术一般端出一碗黄澄澄的豆汤饭，熬的酥烂的黄豌豆，配合鲜美的筒骨汤，而饭上面居然还有刚刚片下来的薄如蝉翼的火腿，和烫的脆生生的油菜心。我感激地一把抱住喜善的大腿，喜善嫌弃地把我手指扒开，一脸冷酷的走掉了。院子里有一只翠鸟飞来唱歌，和那碗热腾腾的豆汤饭一起，都显得格外可爱。

我想，能有什么坏事呢，不过是俗日烟火啊。

第二天我刚起来，正叉着腰站在院子里对那只又来偷吃鱼干的肥猫大呼小叫，就看见喜善扛着一大筐活虾走了进来，我一声惊呼："这么多虾，要吃到什么时候去啊！"喜善白我一眼："你不是说我做主吗？"我愁眉苦脸地冲过去看那个虾，只一眼，就发现有点不对。那些虾明明是在活蹦乱跳，却仍散发出一种浓重的腥气，好像是死过后，又被什么东西强行弄活一般。我皱眉问道："喜善，这些虾你是在哪里买的？"喜善也看出我的神色，赶紧说："就在前面市场外的小街里，一个少年开一辆车在卖虾，很多人在那里买。"我点点头："我过去看看，这些虾你先不要碰。"

　　出门前，我忽然又想起了什么，又喊喜善过来："今天先不要开门，你去多买些绿茶，全部熬成浓浓的茶汤，晾着等我回来。那些虾子你也不要扔，拿一只大缸装好再找块木板什么的盖住，一只也别逃出去。"喜善见我紧张，也跟着眉头皱了起来："你可是发现了什么不对劲？"我沉吟一下："倒不知道我的猜测是否对，总之，还是要去查探一下才放心。"

　　我依照喜善说的地址找过去，却发现已经没有人在了，既没有什么少年，也没有什么卖虾的车。难道还是来晚一步，如果按照我的猜测，那真的要引起一些祸端了。

　　就在我慌乱四顾的时候，却有一声清脆的叫卖声传了过来："活蹦乱跳的大虾便宜卖啊！"一辆小货车慢悠悠地开了过来，刚停稳，就跳下一个看起来颇羸弱的少年，脸色白的像一张纸，没有一丝血色。我轻咳一声，走到摆着虾篓的车尾，笑吟吟地问："明明这虾子已经死了，老板你干吗要说成是活的？"

十七 · 雨前虾（中）

那少年忽然猛烈地咳嗽起来，仿佛一不留神就会厥过去。我冷冷地看着，只等他咳完回答我。那少年的脸色更白了，好不容易喘了口气，才用细不可闻的声音说道："这位客人说笑了，怕是看我病恹恹，就不放心起来。这虾不像我，我看起来没什么精神，它们还是很鲜活的。"我轻轻地拿起一只虾子，放在鼻尖嗅了几下："死的就是死的，用什么也活不了。老板，既然你咳的这么厉害，还是别做生意了，回家去吧。"

少年不知道是因为生气还是其他原因，原本毫无血色的脸竟然也泛起了一点红晕，他忽然压低声音说道："不要多管闲事，老板娘，我们互不相干，你开你的店，我卖我的虾。"我见他已经露了慌张，倒还真的不怕了。我靠近一步，继续逼问："你的虾，若是被旁人吃了，你说我管还是不管？"少年的脸更加红起来："一个小小的梦厨派，做你的饭去，什么时候，也想来管我们的事情了。"

我扑哧一声笑出来，等我收住笑意，不由得一双眼直直地瞪向那少年："瘟鬼，我不知道你得了什么东西可以续命留魂，但这人间不是你应该待的地方，如果你还不走，今晚我就下黄泉请来地府使者收你回去！"少年面色大变，又是一阵剧咳，我不再言语，留他在原地自顾自地走了。

等回到一心居，喜善紧张地给我递过来一张报纸，只见上面写着：市区爆发痢疾，多人住院就医。我叹出一口气，忧心忡忡地说道："这个瘟鬼不知道是找到了什么物件让他想出这样的招来，我虽然点破了他的来头，但是他不一定真的被我吓住，我虽说要去黄泉请地府使者来，可引魂烛上次就用了，喜善，我还真的是，没有什么把握。"我顿了顿，又说道："我吩咐的浓茶汤你准备好没有？"喜善赶紧点头："已经备好了。"我吩咐道："沿着一心居的门口用茶汤冲刷一次，我怕那瘟鬼会找过来，茶叶辟瘟驱邪，能暂时挡一下。"

天色缓缓暗了下来，喜善也开始用茶汤冲洗着外面的马路，一心居没有做生意，显得格外素淡，而街上也是冷冷清清的，没有人经过。这时，一声喇叭响，我远远地看见一辆小货车开了过来，而喜善也慌张地冲进来喊道："素心，那卖虾的车……"看来我说要去黄泉请使者拘魂是没能骗住这瘟鬼，只能另谋他法了。梦厨谱虽然厉害，可只教了做菜，没有教怎么驱鬼呀。

我思索一下，附在喜善耳边继续交代了几句，又对他点点头，然后就接过喜善手上剩的不多的茶汤迎了出去。

　　瘟鬼已经把车开到了一心居门口，却只是站在对街，不肯踩那刚被茶汤冲过的马路。我收敛心神，故意挤出一张笑脸，施施然走过去，慢声细语地问道："怎么，这是决定要走了？是因为被我好生劝过，所以特地来告别的吗？"少年还是在咳嗽，却每一声咳的让人听起来惊心动魄，每一下都仿佛能扯着自己的五脏六腑也跟着翻腾起来。我顺了顺气，强压住那股不适，等这瘟鬼开口。他忽然尖声笑起来，一阵歇斯底里的大笑后，少年喘着粗气狠狠地瞪着我："老板娘，你何必管闲事，我只要让九百九十九人染上瘟病，就可以去瘟神那里报到，好求个位置，不用在人间做鬼继续飘荡。可你呢，放着好好的生意不做，偏偏要来坏我的好事。"

　　原本就没有行人的街道顿时被黑雾笼罩起来，我知道这瘟鬼要开始报复了，他张大了口，原本苍白秀气的脸庞变得极为扭曲，一只只黑色的蛆虫从他口里爬了出来，密密麻麻足有几百只，一起向一心居和我爬了过来。

十八 · 雨前虾（下）

那蛆虫看起极为恶心，我屏住呼吸，等虫阵即将涌上我的脚面的时候，猛地将手中剩余的茶汤浇下去，那些虫子顿时像被火烧过一样弹了起来，然后就化为一阵轻烟，不见了踪影。

瘟鬼少年的脸色更见苍白，他终于露出一丝凶狠的表情："你是用什么东西毁了我养了许久的瘟虫！"我也不想再和这瘟鬼废话，上前一步厉声喝道："就凭你区区一个瘟鬼，还想兴风作浪！你以为我就治不了你吗？茶叶自古能辟邪驱瘟，对付你最合适不过！"

瘟鬼又是猛烈的一阵咳嗽，他身上的黑气也更甚起来，空气里不知何时也弥漫起腥臭的气味，黑雾也越来越收紧，几乎要把一心居和我都紧紧包裹起来。我不敢放松一刻，喜善也还不见踪影，这个家伙，要他准备一点东西去了这么久。他要是再不来，我空手可对付不了这个看起来要放手一拼的瘟鬼啊。

看来喜善准备好东西还需要一点时间，现在还得想办法拖延一下瘟鬼，我沉吟了一下，抬起头发出一阵冷笑："瘟鬼啊瘟鬼，其实我倒还是有点可怜你，能有这么大的能耐续命，这种本事瘟神居然还瞧不上，还得辛辛苦苦和那些小鬼一样来人间传病，真是怪委屈的。"

瘟鬼也冷笑了一声，捂着胸口气若游丝地说道："老板娘，你不要挑拨了，我不是有本事，是运气好得了可以续命的宝贝，你明明猜到，还想拖延，怕是你也没有办法阻挡我了吧！"瘟鬼终于得意的大笑起来，他又一次张大了口，那宛如黑洞一样的嘴里冒出了浓浓的黑气，腥臭味更甚起来，终于，一条巨大的黑蛇从瘟鬼的口中探了出来，吐着黑红的芯子，口边拖着黏糊的涎液，恶心的令人作呕。

那黑蛇爬出来之后，在瘟鬼脚边盘旋下来，仿佛在等待一个命令，就要向我扑来。瘟鬼的细长手指轻轻地对着一心居和我的方向指了一指，那蛇就箭一般飞快游走了过来。眼看我就要避无可避，这时一心居的大门吱呀一声，喜善拿着一只小小的茶壶终于来了。他忙把茶壶递给我，小声说道："准备好了。"我悬着的心却还不能放下，也不知道这个法子能不能驱走瘟鬼。我大喝一声道："喜善，你先缠住这条蛇！我去收拾了这瘟鬼！"喜善捡起几块砖头，朝着蛇狠狠砸去，黑蛇吃不住痛，往后缩了一缩，暂且不再冲我而来，而是吐着芯子朝喜善挪移过去了。我捧着那把小小的茶壶，径直走去了瘟鬼的面前。

"清明石，雨前龙井，加上一把百年紫砂茶壶，我想，足够可以收拾你了。"我举起那把小茶壶，轻轻嗅了嗅那沁人的茶香，刚刚的腥臭带来的烦闷顿时一扫而光，我终于微笑起来，将那清亮的茶汤洒向瘟鬼。不需要太多，只是几滴沾上了他的衣襟，已经足够。

瘟鬼满不在乎地哈哈大笑起来，他嘲弄地说："老板娘，一泡装神弄鬼的茶，对付我，还差一点。"我也不多说，只是轻轻地指了指他沾上茶汤的那片衣服，已经慢慢地生起一丝白烟，接着瘟鬼的身子，就好像一片烟雾一样，慢慢地消失在空中。瘟鬼大惊失色，他一边拼命地打着自己的身子，一边慌张地问我："这是怎么回事？你到底在玩什么把戏！"我正色对这瘟鬼喝道："不是把戏，只是你内心污浊，根本经不起人间任何清洌之味而已！"瘟鬼终于绝望，他打量了我一眼："果然，你真是孟婆。"

说完这最后一言，他便也来不及说其他话，就已经化作烟尘，再也看不到了。而刚刚还被黑雾笼罩不见行人的街道，也慢慢现出了正常的天光，行人车辆似乎只是在一瞬间，也恢复了常态。那黑蛇也随着瘟鬼的消失同时化成了轻烟。喜善一头汗地走过来，指了指那辆装虾的车："这个怎么处理呀。"我忽然心念一动，想起瘟鬼刚刚说起他得到的宝贝，忙拉着喜善走去车中查看。那些虾子果然没有因为瘟鬼而失去活性，虽然我能感受到它们的死气，可它们还是在筐里活蹦乱跳。这说明，那瘟鬼的宝物，就在这车里放着。

喜善忽然诧异地喊道："你看，这是什么！"在车厢里一角，摆着一盆非常朴素的小花，只几片花瓣，颜色也苍白得很，甚至连花秆，都羸弱的几乎一碰就倒。喜善赶紧把这盆花搬来我面前，我仔细辨认了一下，终于开心地笑道："那只小鹿，怕是能救了！"

喜善搬着花进了店，我把刚刚紧闭的窗户又重新一扇扇打开，忽然感到经过这紧张的一役肚子倒是饿了。我对着正在用剩余茶汤清洗地板的喜善唠唠叨叨吩咐道："喜善，一会儿去选最肥最嫩的虾子买回来，再把我罐子里那些最好的，清明时节第一场雨之前摘的龙井拿出来，对了，一定要用猪油炒，千万不要炒老了，滑几下就可以出锅，不要舍不得茶叶，茶香重一点味道才好知道吗……"

一心居里的茶香也越来越浓，让人格外安心。那盆从瘟鬼车上搬回来的小花，似乎在这茶香之下，也更加招展起来，随着清风默默摆动。

"九日山僧院，东篱菊也黄。俗人多泛酒，谁解助茶香。"

十九 · 柠檬渍荔枝

　　天气是越来越热了，喜善老是抱怨说厨房里闷的活似一个大蒸笼，要我添置空调风扇。我丢过去一条还未解冻的鱼，嘻嘻地笑着说："抱着它，保证凉爽！"前堂的客人也陆陆续续地过来了，我一桌桌送上冰镇的酸梅汤，嘴里絮叨着："这酸梅汤用的是以前老北京的方子，选大颗饱满的酸梅，糖渍过的桂花，还加了山楂、甘草、陈皮，用冰糖慢慢熬的，解暑清热，一心居免费供应，大家多喝一点。"有客人喝完一碗还嫌不过瘾又举着碗喊道："老板娘，天气热，今天有没有什么清爽的小菜啊？"我赶紧过去给他续上，答应道："新拆了一些鸡胸脯肉，拌上黄瓜丝、辣油、蒜汁，开胃又爽口，还有梅子卤的豆腐干和老醋花生，热天吃都好。"客人也笑起来："就上你说的这些，然后梅子酒冰过的也给我拿一点。"旁边又有客人喊道："老板娘，不想吃那么素，有没有什么不腻又好吃的肉来一点。"我思索一下笑着建议道："不如拿嫩子姜爆个鸭子，再用花椒拌个皮蛋豆腐，要嫌不够再用泡萝卜大火炝一个腰片，您看怎么样？"

　　喜善端着用冷水湃了一上午的绿豆汤过来，我连忙向大家喊道："觉得热的要不要再加一碗绿豆汤，熬的很糯，不是冰柜里放着的，而是用井水镇冷，喝了凉而不伤胃。"众客居然一起欢呼起来，还有客人笑着说："一心居免费的甜汤都比外面花钱买的好喝，老板娘手艺实在好。"我抬眼看向街道，只觉外面阳光着实是焦人，看来这大中午的不会再有客人过来了。

刚这么想着，门口却站了一个穿彩衣的女孩。女孩大眼扑闪，一张小脸俏生生的，却苍白的厉害，再看她身上的衣服倒是极为花哨，五颜六色看不出什么材质，只觉得很高级。她愣愣地站在门口，也不进来，就只是看着里面晃神。我赶紧迎上去："姑娘一个人吗？外面热，快进来坐着喝碗绿豆汤解渴。"女孩听言也不答话，就只是木然地跟着我进来在一张小桌前坐下，我见她眼睛红红的，似乎是刚刚哭过。

我端上一碗绿豆汤，女孩轻轻抿了一口就放下了，神色依然是心不在焉的样子。我干脆在她对面坐下："姑娘想吃点什么？"听到我问这句，她倒是抬起头来看着我，终于开口说道："有没有什么甜食，吃了能让心里不苦？"

我眯起眼来，嘴角的笑意更浓起来："姑娘心里为何苦，不如和我说说，我也好给你做一道甜品，让你去去苦。"女孩抬起她明媚的小脸，正好外面刺眼的阳光透起来，衬得她身上的彩色衣服更是像会发光一样好看。我不禁叹道："姑娘的衣服真正好看。"女孩凄惶地笑了一笑，再次低下头去：" 衣服好看又有什么用，也留不住人。" 她忽然又问我：" 老板娘，他们都说你懂人心，你告诉我，为什么说好的一生一世，却又变了呢？"

我站起来轻轻按住女孩的肩膀，柔声说道：" 你先坐坐，我去给你备菜。" 她轻轻点点头，眼中还是那般绝望和无神。我走到厨房去，喜善向我投来一个询问的眼神，我苦笑着答道：" 一只痴情的小鸳鸯，怕是爱错了人，她们鸳鸯一族最是痴情，她又年轻，怎么受得了。" 我沉吟了一下，又吩咐道：" 喜善你取我之前蜂蜜渍的柠檬来，拿钵子碾碎了再用新蜜一起拌好，再把新鲜荔枝剥皮过一次白糖水，用冰块过一遍取了凉意，再把柠檬蜜浇上。最后，点一点黄连粉端过来。"

喜善赶紧洗手做去，我回去前台，那女孩依然动也不动地坐着，绿豆汤自然是动也没有动。我还是坐在她对面，不经意般自顾自地说道：" 人人都说唐皇钟情杨玉环，为她不理朝政，提拔杨国忠，为博贵妃一笑，不惜劳民伤财，专门修栈道给她运送荔枝。" 我故意顿了一顿，继续说道：" 可安禄山谋反，需要牺牲杨玉环安抚军心，唐皇还是绞死了杨玉环，让一代佳人命丧马嵬坡。姑娘你看，不一定每段情都是痴心到死就好，有时候该放则放，也是一桩幸事。"

这时喜善也端着荔枝来了，我接过来放在女孩面前，示意她尝一尝。

女孩轻轻拿起一颗放在嘴里，却惊呼道："又苦又酸又甜，好奇怪的味道！"我淡淡地对她笑道："和爱一样，不是吗？别着急，到最后，还是会甜的。"

这时有客人喊起来："老板娘，你给这漂亮姑娘上的是什么私房好菜，也做一份拿来给我们尝尝啊！"我回头笑着答道："荔枝而已，有一点点甜，也就够了。"等我再回头，却发现那女孩已经不见了，桌上摆着一只长长的鲜艳羽毛，那盘蜂蜜渍荔枝，也不在了。

那天收了店，喜善却是问我："那黄连粉，可是梦厨谱里所提到的？"我喝着一杯柠檬蜜泡的水，淡淡地回答喜善："梦厨谱里的这道柠檬渍荔枝上还有一行小字，写的是，问世间情为何物，直教人生死相许。"喜善不解："可为何还要点上黄连。"我凄然一笑："有关情爱，可不都是苦中有甜？"

"两两戏沙汀，长疑画不成。
锦机争织样，歌曲爱呼名。

好育顾栖息，堪怜泛浅清。
凫鸥皆尔类，惟羡独含情。"

二十 · 葱油酥饼（上）

喜善拿着一只小桶正在给从瘟鬼那带来的花儿浇水，我惊呼着奔过去："喜善你不要用普通自来水浇，这花要用无根之水浇灌才行，要是死了，你看我……"喜善平静地打断我说："自来水，不也是无根吗？"我竟也无法反驳，只能无奈地查看了一下，发现花儿精神得很，也就不再说什么了。喜善却继续说道："骗你的，不是自来水，我用的是你埋了很久那口大缸里的雨水。"我一声哀号："什么！那可是我存了三年的谷雨雨水啊，要拿来酿酒的！你赔我的雨水！"

喜善浇完水，根本不理我径直进了厨房，我心疼的又骂了一通才停住。再看那花，被雨水沁透后更是迎风招展起来，似自己有了生命一般轻轻抖动，我又仔细检查一番，不禁满意的自语道："再过几天就可以了。"喜善又不知道何时站在我身后说道："这么说再过几天，那小子就可以醒来走人了？"我不悦道："小鹿只不过在房间躺着，又没有招惹什么麻烦。"喜善冷笑道："每天上去给他开窗透气、翻身擦拭的人不是你，说的当然轻松，下次，你去给他端屎把尿。"我脸一红，忙讨好地笑起来："喜善你最好了，这花差不多再有个三五天就可以摘了，到时等小鹿醒来，我亲自给你煮你爱吃的菩提白菜卷。"喜善从鼻孔里发出一声冷哼，显然是不相信我。

　　瞧完花，我又走去院里喜善开辟的小菜地看一看，一排水绿的嫩葱长得真正喜人，我不禁叫道："喜善，这是你上次种的小葱？可长得真好，光是看着都喜人。"喜善也得意起来："已经能掐来吃了。"我拍着手说："那要是做些葱油酥饼，保证人人都争着买。"喜善却说："葱油饼有什么好夸的，普通的随处都有。"我抿嘴笑答道："外面那些大路货，大部分都是拿菜籽油，最多混了猪板油来做。可要是我来做，则要选烤鸭滴下来的鸭油混上茶油，再加上小磨子自磨的初榨芝麻油一起，看不到半点肉星，却会香的神仙也要下凡来。你说这梦厨谱到底是谁所创啊，是不是孟婆啊，她怎么这么会做饭呢？一个葱油饼都能做的这么与众不同。"我自顾自在那里滔滔不绝，而喜善，早已不知道躲到哪里去了。

　　过了一会儿喜善拿来一把大剪刀想剪一茬葱，我赶忙拦住："葱沾了铁气不好吃，你还是用手掐更好。"喜善嘟哝着"哪来的毛病"，但还是依言去手摘了一大把嫩葱回厨房剁成葱末。又按我嘱咐新磨了芝麻油，找了案板去揉面。我站在旁边，只不动手，却一会儿吩咐一句"白芝麻得干煸一下才香""面团儿揉的不够""饼再摊的薄一些"，最后喜善不耐烦起来，举着菜刀让我闭上狗嘴。

到了要开店的时候，刚打开店门，就有一个中年男子进来了，他径直找了张桌子坐下，吩咐我说："上些酒。"我笑着迎上去，建议道："今天后厨有河虾，小米椒和紫苏叶一起炒了，下酒是很好，要不要来一点？"那男人摇摇头："只要酒，喝醉，才能解愁。"我仔细看过去，这男人虽然眉眼憔悴，但身上的西装却很考究，戴的手表也十分名贵，只是满脸郁闷愤恨，不知为何。我重新挤出笑容对他点点头，斟了一满壶苞谷烧酒端上去，那客人一口一杯，明显就是来借酒浇愁。

　　我也不管，等那壶酒他喝得七七八八了，我才慢慢晃了过去，轻声道："喝的这么快，先生你真是有很多愁要解啊。"那男人却满脸苦笑，一把抓住我的袖管，哀求一般说道："有人告诉我说老板娘，你有办法解除所有人的烦心事，你快帮帮我，我就是这个世界上，最烦恼的人！"我不动声色地抽出衣袖："哪有说得那么神，只不过是爱管一点闲事。"那男人的脸上露出嫌恶的表情，恨恨地说："你有没有办法，让我老婆消失！"

二十一 · 葱油酥饼（下）

我装作听不懂他的话，只是赔着笑说："先生您只怕是和老婆吵了几句，心里不痛快，说些胡话我当没有听见就是。"那男人却不理会我的劝解，只是自顾自继续说道："以前她是多么温柔可爱，两个浅浅的梨窝儿笑起来可真好看。我那时候没有钱，是个一文不名的穷小子，但是她不在乎，还是不顾家人反对嫁给了我。我做海鲜生意，每天起早贪黑，可早上无论多早，她都会起来给我做早饭，她做的葱油饼最好吃了，配上热乎乎的大米粥，再重的海鲜我都扛得起。"男人一昂脖又喝下一杯酒，他的眼眶竟然有些红了。"可现在呢，我有钱了，她想要什么就给她买什么，可她呢，每天都看不到一个笑容！我在外面应酬喝酒回来，看见的却是她一张苦瓜脸，我说她两句，她就眼泪扑拉拉掉个不停。我给了她信用卡、珠宝、首饰，她却只知道闷闷不乐。我真的受够了！"

男人忽然发起怒来，将手里的酒杯狠狠地摔在地上，仿佛那就是他们摇摇欲坠的婚姻，让他无法忍受。我连忙按住他继续坐下，又拿来新的酒杯，给他重新斟上酒。这时喜善走到前堂来，对我欣喜的摆摆手，看来，是先前的葱油酥饼烙好了。"先生酒喝了毕竟伤胃，后厨有刚刚烙好的葱油饼，不如我端一点来给您醒醒酒。"我一边温言劝道，一边已经给喜善使了个眼色，让他把饼端上来。男人听见我说，却是一愣："葱油饼？这里也有葱油饼卖？"

这时喜善也端着刚刚出锅的葱油饼上了桌，饼皮金黄可爱，看起来酥脆可口，闻起来有一种油脂最纯朴的香气。我也不客气，干脆伸手将饼一分为二，露出里面碧绿的葱花，葱香和面香一起涌出来，连我都忍不住说了句"好香"！我将半张饼递给男人，他顾不上烫嘴，迫不及待地咬上一口，接着就狼吞虎咽的将那半张饼吃的精光。"味道如何？"我露出一个得意的笑容，忍不住也咬了一口，果然是里外皆酥，葱香满口，等我再嚼了几下，脸上却露出一阵莫名的笑意，这个喜善，跟了我这么久，算他这次格外机灵。既然喜善帮我做了我原本想做的，接下来事情就容易多了。

我干脆也倒上一杯酒，将剩下的饼推去男人的面前，缓缓开口说道："世人都说夫妻举案齐眉最好，其实这对夫妻，丈夫叫梁鸿，妻子叫孟光，因为孟光每次都会把晚餐举得高高的，和自己的眉毛一般齐地端去梁鸿面前，所以世人都纷纷称赞，觉得这样的妻子才懂得尊敬丈夫。其实人们只看到了孟光的举案，却不知道梁鸿每晚，无论舂米多么辛劳，都要及时赶回家和妻子一起吃一顿热腾腾的晚饭。"我抿了一口酒，有点苦涩的继续说："有了丰富物质的爱情，不一定就幸福。但是少了陪伴的爱情，一定是不快乐的。先生，你说如果这葱油饼，要是烙饼的人看着饼从刚出锅的酥脆热辣，慢慢地变成凉透的一张冷饼油腻不堪，那吃饼的人都没有回来，她心里，该多难过啊。"

我也喝干了杯中的酒，看那男人举着还没吃完的饼，居然流下了热泪。"回家去，家里的葱油饼，可能也刚刚出锅呢。"我这么说道。

等男人走远了，我却还坐在那里，一杯接一杯地喝着他没有喝完的烧酒。喜善不知道何时过来站在我身后，低声劝道："少喝一点。"我回头望一眼喜善，晃着杯子苦笑道："你往和面的水里加了伤心泪，有爱人的人吃了，会念起旧情，奔赴昔日爱人的身边。而没有爱人的人吃了，只能一杯接一杯地喝酒，直到醉倒，忘却伤心。"

那碟子葱油饼，最终还是凉了。

"有情饮水饱，知足菜根香。以胶投漆中，谁能别离此。"

第三章

味·辨心

二十二 · 安魂果

"素心,你回去吧,你再迈一步就铸下大错了。"是他站在奈何桥边对我大喊。

我身后却有一个女人的声音冷冷地说道:"素心,不属于你的东西你又何必要强求。"

万鬼齐哭,黄泉奔涌。我看见地府使者已经祭出了拘魂链,向我一步步逼来。

"素心,我不会和你走的!"他的脸在地府的浓雾里氲开来,那么的决绝,那么没有一丝回转。

那个女人的声音在暗处桀桀地笑起来:"这又是何苦呢,人家可不和你走呢!"

我站在奈何桥上,阴风鼓起了我的裙摆,我仰天长啸道:"孟奇!我宁可负了所有生魂，我今天也要带你走！"

　　漫天的黑雾更甚，四周的牛头马面、魑魅邪魔、万千恶鬼都一齐向我扑来。

　　我一身冷汗地醒过来，刚刚的梦如此真实，似乎在某个时间某个地点真的发生过一样。我苦笑了一声，可能有的时候太过想念，就有可能梦见那个朝思夜想的人。这时候喜善已经在门外叫我了："那朵花儿已经开了，结了一串我认不得的果子，你快起来看看，免得等下有了什么差错，你又鬼喊鬼叫！都多晚了，怎么还在睡觉，还要不要管那只鹿了！"被喜善这么一唤，我倒是没了刚刚的伤怀，不得不打起精神，用最大的力气喊道："给我炖一碗百合粥，再蒸一笼小米枣馍馍，我饿死了！"喜善根本不理我："小鹿今天状态不错，我刚刚已经给他擦了身子，我看啊，外面天清气朗，很适合救人。"他还在絮絮叨叨地说着什么，却冷不防发现我已经打开门叉着腰站在他面前吼道："喜善你说够了没有！大早上的！！！快去把花搬去小鹿的房间，事不宜迟，我们现在就救人，哦，不救鹿！"

　　喜善被我吓了一跳，话一半没说完卡在喉咙里，把整张脸憋得通红。我被他这副样子逗笑了，倒是把刚刚梦里的失落一扫而光。"去吧，我先看看那花。"我说完就走去小鹿妖一直躺着的房间，喜善很会照顾人，每天都给他翻身擦背，开窗通风，连床边小桌上的一株薄荷草，也都翠绿可爱，加上今日的阳光着实不错，更衬得房里一派生气。这时喜善也端着那盆花儿过来了，我低头细细地查看，欣喜地叫道："喜善，果然是开花了，结出了安魂果！" 瘟鬼车上的这盆不起眼的小花，却是至宝至贵的仙物安魂珊瑚。这安魂珊瑚必须用无根之水浇灌，才能结出安魂果。按照梦厨谱里的法子，本来是需要瑶池花做引子，才能让魂魄重归位置，但现在有了安魂果，有没有瑶池花也就不紧要了！我伸出手去，将那花心里结着的一小串如珊瑚豆一样可爱的果子摘下，凑到鼻下嗅了几下，的确清香安神，仅仅是闻，我都感觉到一阵心安，如魂魄归位般舒畅自如。

"去冰箱拿一罐有气矿泉水，再拿一把小勺和一个玻璃杯。"我低声吩咐喜善。他很快就依我所说拿了来，我将手里嫣红可人的安魂果放入玻璃杯用小勺压出汁液，又摘下几片薄荷在掌心搓揉几下后投进去，最后打开那罐矿泉水，注入玻璃杯中，霎时间，一阵甜香混合着薄荷的清爽之气飘满了整个房间。"你扶他起来，将这杯安魂果做的饮料给他喝下去。一小时左右他就能苏醒了。"喜善点点头，连忙喂小鹿喝下，果然这饮料一接触他的唇舌，就犹如自动一般滑入他的喉咙，不过一分钟，他的脸上就红润起来。我点点头："安魂果归置魂魄，薄荷祛除浊气，而这普通超市就能买到的水，是因为我喜欢喝。哈哈哈哈哈。"喜善无语地看了我一眼，挥挥手示意我可以走了。

我退出小鹿妖的房间，准备下楼收拾一番好开店，摊开掌心，还有最后一颗安魂果躺在我的手里，只是不知道，这因为一个人而飘荡已久的心魂，要怎样才能被安顿。

我坐在上午最美的那道阳光里，握着那颗安魂果，如同握着能再见孟奇一面的希望。我忽然明白了，我其实想知道的，并不是孟奇是生还是死，而是我早已在内心判定，即使他死了，我也要用一切力量，和他生死相依。喜善从来都知我心里有一个不能碰的东西，每次看我喝酒或是发呆，他都只是默默陪着，却不发问，到底是怎么回事。我也只是告诉过他，我有一个青梅竹马的哥哥，他不见了，我在等他回来。但就连喜善也不知道的是，孟奇其实，是在一次登山中，再也没有回来，所有人都说他已经死了，可我，至今不信这个事实。

收到通知的那一天，我记得我一直没有哭，反而还哑然失笑，我问来告信的人，怎么可能，是不是搞错了。那可是孟奇啊，怎么会，怎么会因为雪崩，而找不回来了呢。他从未曾告诉过我，他有登山的兴致，也没有告诉我，自己出门，是去登一座危险如此的雪山。当我枯坐一夜，终于反应过来大哭着问孟奇的尸体在哪儿的时候，他们告诉我，没有尸体，大概是长眠在雪山之中了。

没有尸体，就不能说明孟奇死了。没有尸体，就有可能孟奇还活着，只不过活在一个我不知道的地方，或者世界里。一心居这些年，我什么奇妙事情没有见过，说我不见棺材不落泪也好，说我心存侥幸也好，我素心便是看定了这件事，一日不能确定，就一日还要再想法子。

我的孟奇，一定会回来。

而喜善在楼上忽然喜悦地唤我："小鹿醒了！"

我自己对自己说："好的。"

"昵昵儿女语，灯火夜微明。恩怨尔汝来去，弹指泪和声。"

二十三 · 糯米丸子（上）

我跷着脚坐在店里喝着一壶喜善不知道从哪儿买来的枇杷酒，居然也是香甜可口、很好入喉。今儿天气糟得一塌糊涂，外面的风大得几乎能吹走一匹马，自然是没有客人上门，我也乐得清闲，看着外面飞沙走石活似拍电影一样的狂风，不时抿一口小酒，倒是极逍遥。只可惜旁边有一只聒噪的小狐狸，一边啃着从厨房硬抢来的虎皮鸡爪，一边满嘴是油地对着我絮絮叨叨："小鹿妖真真的是个傻子啊，老板娘你根本就不该救醒他，你说他拼了命要褪去妖身，还不就是为了见那个人类女孩一面吗，结果呢，现在你用那么珍贵的安魂果引了他魂魄归位，他是不是应该马上要去完成之前没有完成的事情啊。结果他倒好，说自己误了见面的日期，不配再和人家相见了，躲起来继续修炼，这不是白费了我，哦，不是，是老板娘你一番力气吗！"

我喝着那蜜汁儿似的酒，居然也有了三分醉意，忍不住笑道："倒是个实诚的好孩子，不枉我救他一次，倒是你，我不也救了你的那位小女友，你倒是好，再也不带来给我看一眼。"程衍见我这么说，只能赶紧坦白："我不想让她知道我的身份，再说了，我们狐族人多嘴杂，还是小心一点好。"我呸他一声，懒得理这只油嘴滑舌的小狐狸。

　　喜善不知道何时端着一盘刚炸好的骨头酥走了过来，他难得的满面笑容说："小鹿是个好孩子，每天帮我洗菜择菜，也从来不偷我的鸡吃。你要是有空去看他，记得告诉我一声，我给他做点蓑衣黄瓜带去，他爱吃那个。"程衍不忿地嘀咕道："不就是几个鸡爪吗，小气兮兮的。"喜善猛地收了笑容，严厉的扳着手指对狐狸算道："22个鸡爪，16只鸡腿，糟好的鸡翅膀一坛子，八大块我晾着的手撕鸡的鸡脯，还有不计其数的卤鸡头！""我吃了这么多？"小狐狸自己也惊了一跳，不可置信地看着如数家珍的喜善。

　　我哈哈大笑起来，听他们拌嘴，竟是难得的开怀。等笑够了，我吩咐喜善："去锁了门吧，这么大风天，不会有客人的。"但偏偏是说啥来啥，喜善刚抬起屁股，店门就吱呀一响，竟进来一个身段秀丽的女人，只不过她戴着墨镜和口罩，看不见脸容。"还有吃的吗？"她怯生生地问。我正要拒了这笔生意，却听见她惊喜地又喊道："果真，你也在这儿呢。"我扭头一看，程衍却满脸涨红了，摆着手要我赶那女人走："老板娘，这么坏天气，不如休息。"我的好奇心却被逗了起来，站起身拖开我身边的桌椅，满脸含笑的招呼道："没有打烊，有吃的呢，来，这边坐。"

　　那女人显然松了一口气，坐下后小声地说："我还以为是那位小哥胡诌来骗我的，谁知道真的可以。"我眯起了眼睛反问道："小哥？"女人微微指了指程衍："喏，就是他呀，我前几天在一个酒吧独自喝酒，听见他喝醉了在和别人说，你们知道吗，一心居的老板娘有通天的本领，什么问题都能帮你们这些人解决，我和她是好朋友，去一心居，报我程衍的名字，保证她用贵客的礼遇接待你们！我本来想是不是他的醉话，不过我也是没有了办法，死马也要当成活马来医了。加上这城里早就有传闻说，一心居不但好吃，还可以帮人解难，求求老板娘帮帮我吧！"女人说到这里竟有了哭腔，低着头很痛苦的样子。

我回头瞪了小狐狸一眼，一会儿再收拾这个喝醉就大嘴胡说的家伙。我尽量温柔地笑着对面前慌张的女人说："那，你到底是有什么要我帮忙的呢？"那女人明显颤抖了一下，却还是伸手摘下了她的墨镜和口罩，她抬起头，整张脸暴露在灯光之下。本来不应如此，可即使是我看见她的容貌，却也是吓了一跳，惊吓出声。因为目之所及，那几乎不能称作是一张脸，她的眼睛整个垮下来，鼻梁歪了半边，脸颊的皮肤更是不能看，流着令人作呕的脓液。我忍不住惊呼道："你的脸怎么了？！"

二十四 · 糯米丸子（下）

那女人倒不介意我这失礼的表现，只是又默默地戴上口罩、墨镜，从牙关里吐出几个字："整容失败。"她又掏出一张照片递给我，里面是一个看起来眉清目秀的女孩，一脸纯真的笑着。我接过来仔细端详了一会儿，问道："这是你以前？"她点点头，伸出手轻轻摩挲那张照片："虽然不够好看，却不像现在活似一个怪物。"

我有些不解她的意思，干脆直接问道："你觉得你以前不好看？"她苦笑起来："是啊，你看，我眼睛不够大，又是单眼皮，鼻子也不够挺拔，最重要是一张圆脸，活似二两肉塞在腮帮子里，突突的，难看死了。"我再一次看向那张照片，只觉得里面的女孩眼神俏丽，一张小圆脸也可爱动人，根本不似她口中说得如此差劲。我心里有了几分了解，于是又端起酒杯，边喝边和她聊："觉得不美，所以才会去整容？"

女人的声音居然一下变得戾气起来："从小到大，从未有过人夸我漂亮。小时候，我爸爸总是喊我小塌鼻子。多难听啊，塌鼻子。我羡慕那些因为容貌出色，而有更多特权的女人，她们也许能力不如我，但就因为漂亮，便可以为所欲为，得到任何自己想要的东西。"我点点头："那你，是想得到什么，愿意吃那么多苦。"我伸出手去，轻轻摸了摸她的鼻子："一定很疼吧，做那么多手术。"

女人好像没有想到我会如此问她，她的声音软下来，却全都是苦涩："我爱上了一个男人，可他却不爱我，偏偏喜欢的是一个尖脸大眼的女人。那个女人样样不如我，除了长得比我好看，论学识、工作、家庭，都比我差了一截子。最可气的是，那个女人居然还拒绝了我爱的人。我知道了，又低声下气的去找他，问他为什么宁可选一个不爱自己的贱人也不选我，他竟然说，他也不知道，可能只是偏偏喜欢那个女人的样子。我伤心欲绝，只想的是，如果我换一张脸，那么他会不会爱上我呢。于是我攒够了钱，找了整容医生来给我整形，眼睛割了双眼皮又开眼角，鼻子垫了一次不够，又垫第二次，第三次，削了骨头，又垫下巴，直到人造出一个瓜子脸才可以！"女人凄厉地呼喊着，空荡店堂里响彻她充满怨恨的回忆，我听着她一点点描述自己改造自己脸的过程，竟然觉得浑身发冷。

"我用这张新脸去见他，满以为他看见就会喜欢，谁知道他却吓得问我怎么了，还说更喜欢以前我的样子。"女人冷笑起来，虽然看不见她的表情，也能觉得她此刻一定扭曲了五官，眼睛里喷出火星来。"哈哈哈哈，我费了这么多力气，他居然还不满意，我只好变本加厉的整自己的脸，眼睛继续变大，鼻子继续做高，脸磨了一次又一次。"

我喝下壶里最后一口酒，也冷冷地说道："可惜你的脸不是一块铁板，终于承受不住这么多折腾，成了现在这副样子。"女人再也无法控制自己，终于大喊道："这一切都怪他！怪这个世界，怪这些看不起我们平凡容貌的所有人！"我摇摇头，冷峻地说："不，这一切，只能怪你自己。"

女人愣住了，似乎没有料到我会这么说，她不可置信地问道："我有什么错，我只是想变美而已！"我继续摇着头说："你不是想变美，你只是贪。"她终于扑倒在桌上痛哭起来："我爱他啊！我是真的爱他！"

喜善这时端着一盘珍珠丸子来了，我柔声说道："莲子和鲜藕剁碎一起拌入肉馅，咬在嘴里不会觉得和普通肉丸那般蠢笨，只会觉得清气满口，加上一颗蝉蜕花泡水，用来涨了上等糯米，裹了丸子后入蒸笼大火蒸熟，莲子鲜藕加上蝉蜕花的神效，可使你容貌恢复以前模样。只不过。"我故意顿了一顿，才接着说道："你会忘却那男人，此生也不再可能得到他的爱。"女人一秒也没有犹豫，她如同抓住救命稻草一样掀开了口罩，也不顾烫嘴，甚至连筷子也没有用，直接就用手抓起珍珠丸子塞进嘴里大口大口地嚼了起来。

我转身走上楼去，喜善跟在我身后小声问道："她不是爱那个人吗？"

我平静地回答他:"只不过是更爱自己罢了。"喜善有些恍惚:"可你说,梦厨谱让你帮助的,是因情而苦的人。"我回头看了一眼那泪流满面的女子:"也许,真的没有人,曾经爱过她。而我,希望的是,她以后,能明白过来,好好地爱自己。"

"叶下洞庭初,思君万里馀。露浓香被冷,月落锦屏虚。欲奏江南曲,贪封蓟北书。书中无别意,惟怅久离居。"

二十五 · 胭脂鹅肝（上）

　　"老板娘，为什么你家的这小小的泡萝卜皮都比别家要清脆爽口啊，有啥秘诀说出来我回家也让我老婆给泡一点啊。"一个客人忽然大声地问道。我忙不迭地解释说："这种小泡菜能有什么秘诀啊，不过我额外加了一些柠檬皮进去，可能会格外酸爽开胃一点。"那边又有客人想再加一份清炒鸡丝，嘱咐要嫩滑一些，芡也勾的薄一点。我忙的一额头细汗，竟觉得有些莫名的焦躁起来，但也还是笑着一一记下客人的点单，然后拿去给喜善嘱咐他千万不要弄错。"喜善，我今天心里总有些不安，等会儿做完这拨儿客人我们就关门休息一下吧。"听我这么一说，喜善也紧张起来："会不会有什么大事啊！"看着他神经过敏的样子，我扑哧笑出来："能有什么大事，可能是我昨晚没休息好，做了一夜噩梦。"喜善轻叹了一声，继续去切他的姜丝。"这么大的人了，要是睡不好，就自己熬点天麻猪脑汤安安神。"我知道喜善是心疼我，心里却也是一暖。

　　见喜善在备菜，我就又走去前堂看客人还有什么需要，刚走过去，就听见前面一阵喧闹，门外被围得水泄不通，店里的客人也都拿着手机对着一个年轻女孩拍个不停。一心居小小的店门口还站了几个穿黑西装的大汉，正拦住那些想拼命往店里挤来的人群。我好奇起来，朝那女孩看过去，只一眼，也是被惊艳了。她肤白赛雪，大眼如一汪春水般盈盈欲泣的惹人怜爱，腰肢纤细的仿佛一只手就可以圈起来。她穿一件大圆裙，坐在凳子上裙摆散开，如一朵芙蓉花，芳艳明媚。女孩见我看向她，也礼貌的冲我笑了一笑，那笑容绽开，即便我同为女子，竟也忍不住怦然心动起来。

女孩对我点点头："你就是老板娘，不好意思，我听说这附近就只有这一心居做的饭菜味道别致，还干净可人，我这个人没什么别的毛病，就是嘴馋得厉害。"她看了看门外熙攘的人群："没想到带来这么大麻烦，还希望老板娘不要怪我。"她说完就抿着嘴巴，一脸的歉意，想必就是铁石心肠，也难以对她这么一个可人儿动气。这时我身后忽然传来一声尖叫："你……你是余飘飘！"我回过头去，却发现尖叫的人是喜善，他张大了嘴，一副傻兮兮的蠢样望着那个漂亮女孩，口水都几乎要掉下来。

我轻咳一声："这没什么的，我们做生意什么客人都要招待才是，加上姑娘这么漂亮，引起一点轰动，也是应该的。"喜善居然呵斥我道："什么姑娘，她可是大明星余飘飘！你居然连她都不认识！"喜善一脸恨铁不成钢的表情，似乎对我很是嫌弃。原来这个女孩是明星，难怪引起这么多人的围观，也不知道这种名人怎么会忽然来到我们这种小城，大概是来拍戏的，也是巧了。

　　这边喜善却不知道从哪儿迅速找出了纸笔，讪笑着凑去余飘飘身边要她签名，还大包大揽地说着："看看喜欢吃什么，你们明星是不是都要注意身材，我一会儿少放油，做得清爽一点，包你吃得满意。"这个喜善，真是没见过世面，见到一个明星就昏头啦。我心头竟有点吃味起来，不过客人还是要招待的。我挤出一个温柔的笑意，走上去朗声说道："余小姐是第一次来这边吗，要不要推荐几个当地特色来吃吃看？"余飘飘低头一笑，柔声答道："我有个小癖好，就是喜欢吃各种内脏下水，听说老板娘手艺出神入化，不知道有没有什么推荐？"这么漂亮的女孩子喜欢吃内脏？我倒是惊了一下，不过也马上答道："要不给爆一个嫩腰片，再用卤好的猪心凉拌上黄瓜丝，恰好今天还有牛舌，让喜善用炙子给烤了，裹上生菜和辣酱，也算可以吃的。"余飘飘听我说完居然开心地拍起巴掌来："就按老板娘说的办，吃了几天剧组盒饭，我都快郁闷死了。多谢款待啦。"大概能吃到美食这件事真的很值得开心，余飘飘的整张脸更加动人可爱，明媚的几乎要溢出光来。

　　喜善接了菜单下去准备了，我斟上一杯桃花茶，端给余飘飘，她忙起身来接，不小心我指尖触碰到她的纤纤玉手，只感觉到一阵麻意，一股子说不出来的冰凉彻骨瞬间弥漫我的整条手臂。我不动声色地收回那只手，心里涌起了一丝怀疑。

余飘飘低头喝着那杯桃花茶，我在旁细看过去，更觉得她唇红齿白艳若桃花，竟好看的不似真人。我一个激灵，一个大胆的猜测出现在脑海里。

我站在一旁，轻声地问："余小姐，美食对你而言，意味着什么？"余飘飘却不看我，她喜盈盈喝下一口桃花茶："美食对我，是很有趣的一件事。"

我不再发问，只是为她续上茶水，等着喜善上菜。

二十六 · 胭脂鹅肝（中）

喜善的手脚是越来越麻利了，不一会儿就端着菜肴上桌了，余飘飘倒是丝毫不顾忌自己的偶像形象，拿起筷子就夹了一大片猪心塞进嘴里，吃的整个人眉飞色舞的。喜善在一旁看得傻笑起来，大概对余飘飘满意自己的手艺这件事非常开心。我瞪了喜善一眼，让他收收那副花痴样，平时对我横眉冷目，这会儿怎么不装酷了。

"真是太好吃了，我好久好久没吃过这么好吃的东西了，一心居果然名不虚传！"大概是吃饱了，余飘飘满意地放下筷子，对我娇然一笑，真真的堪称绝色。"没想到，这小小的店面，味道却这么出众。"余飘飘说到一半，忽然停下来看我一眼："不止味道，老板娘你，也很特别。"

"也没什么特别的，大概是正好对余小姐的胃口而已。"我不敢自夸，只能谦虚的回答这么一句。"可惜明天又要拍戏一天，那剧组的盒饭我吃的真够够的了，不知道老板娘愿不愿意给我做一些外卖盒子？不用很多，两三样凉菜就好，我会喊助理来取的。"余飘飘对身旁的一个看起来颇精明的小姑娘使了个眼色，她马上拿出一叠钱放在桌上，也是极为客气地说："多谢老板娘款待。"我沉吟两秒，又笑起来："余小姐太客气，光是肯来我这小店吃饭，传出去就是极大的面子了，明天我会一早备好饭盒子，不知道余小姐还想吃点什么？"余飘飘又是嫣然一笑："还是内脏就好，我独好这个。"我还没来得及说什么，喜善就已经抢着答道："没有问题。"这个家伙，果然是见色忘老板。

一辆保姆车正好开过来，余飘飘他们又和一阵风一般上车离去了，还有不少围观的人在门口指指点点，大概是在议论怎么会有个大明星来一心居吃了饭。

应酬了这好一会儿，我太阳穴不由得阵阵发晕，我喊喜善关上门，干脆休息半天，自己也进了房间打算小憩一会儿。可等真的躺下来又觉得睡不着，于是拿出枕边一直放着的梦厨谱闲闲的翻起来。最近，我总习惯睡前看一页菜谱，发现很多菜色回头一读，竟也有些新的发现。这不，随手翻到的，正好是一道胭脂鹅肝。菜谱倒是极为简单，用新鲜鹅肝焯水后浸入卤水慢火煨入味，因为加入了红曲米上色，鹅肝做好后会鲜红可爱，看起来如同用胭脂点过一般。姨婆在旁边用她那娟秀的小字备注了一句：相思摧心肝，真珠露真面。我又苦笑起来，姨婆总是这样，说的话让人琢磨不透。不过这真面二字倒是提醒了我，余飘飘似乎有点古怪，她那么美丽的面容下，似乎隐藏了什么秘密，特别是我碰到她手部的那一刻，有一种奇怪的直觉，让我感受不到一点生气。而且，似乎还有种记忆深处的东西，竟因为见到这位大明星而被勾动了一般，吸引我去发现更多。

我叹了一口气，头更是痛得厉害，只好放下菜谱合眼睡一会儿。刚闭上眼，我就陷入沉沉的梦里。梦中的我一身素衣，站在那奈何桥畔，他温柔的摊开手掌，对我说："素心，你看我给你找到了什么？"我惊喜地叫出声来："凤凰初羽！太好了孟奇，有了它，我的汤又要更好一点了！"他也不答话，只是继续温柔地对我笑着，一脸宠溺。这时又有新魂来到桥边，押着她的鬼捕忍不住抱怨说："生前是个戏子，和男人约好私奔，没想到男方家族势力很大，很快找到了他们，喏，是被活活打死的。抓她来地府可花了我不少力气，一直喊着没能问她情郎最后一句话。"鬼捕把那新魂往前一推："交给你了，给她一碗热汤，我好送她入轮回。"

那新魂抬起头来，容貌姣好，只可惜双目泣血，一张樱桃口却还是坚毅的咬的紧紧的："我不喝那汤，也不入轮回，不找到他，我不会走。"孟奇先笑起来："又是个痴情种。素心，你帮还是不帮？"我也婉然地笑起来："你说，我该帮，还是不帮？"

他轻轻把我搂在怀里，似乎不经意般说道："看她怪有趣的，不如我们来打个赌如何？”看见他这么好兴致，我也有了兴趣：“好，你说说，赌什么？”孟奇指着那个新魂说道：“就赌她，赌等她见到她的情郎，那人是否还能想起她来。”

　　“好，孟奇，我便和你赌这么一次！”

二十七 · 胭脂鹅肝（下）

等我醒来的时候，已经满城华灯皆上了，我洗了把脸，又换掉了刚刚因为睡觉而汗湿了后背的衣服，方才下得楼去。喜善不知道去了哪里，整个店黑黢黢的，我唤了几声也不见他来。我虽也不觉得饿，但还是走进了厨房。果然喜善给我准备了晚饭，蒸笼里盖着一碗还热着的萝卜牛骨汤，加了一片肉桂叶，浓香扑鼻。我干脆站着喝了几口，顿时整个身子从胃到心，都跟着舒畅起来。这个喜善，照顾起人来，真是细心的可以。

晚上虽是不用做生意，但我想起睡前看的那道胭脂鹅肝，颇觉可爱。即使不款待客人，也自己动手做起来。菜方子不难，材料也是很好找，厨房里长年备着老卤，加了八角、香叶、茴香、草果、丁香、甘草等几十种香料草药，和别处的卤水自是不同。鹅肝我也记着喜善早上说买了一些来着，果然在冰箱里寻到了，捏捏还新鲜。我于是挽起袖子过水下卤，等入了味再用红曲染色，等出了卤汁，我又额外用冰块镇上，让这鹅肝更加鲜嫩滑口。刚刚做好这道胭脂鹅肝，就听见喜善的声音喊起来："老板娘，你在哪儿，快来前堂看看啊！"

　　喜善的声音听起来有点儿着急，我赶忙走去前堂，却看到余飘飘也在，她双颊绯红，眉眼似笑非笑，身子软软地靠在喜善肩膀上，似乎是喝醉了："老板娘，你可不要赶我走，我偷偷溜出来，就是惦着你的小店，想来吃点东西，喝一口消乏酒。"她歪着头对喜善嫣然一笑："喜善是吧，能给我做点什么下酒菜吗？我还没喝够呢！"余飘飘喝醉的样子倒是极可爱，比白天彬彬有礼的模样更真实俏丽，眼波流转处，我看了都觉得颇为动人。

　　喜善根本招架不住这大明星的垂怜，连忙答应着要去厨房。我忽然想到姨婆备注的那句话——相思摧心肝，真珠露真面。赶紧吩咐喜善，把胭脂鹅肝片成薄片，淋上一点点姜丝酱油端出来佐酒。我又倒上一壶汾酒，清冽芬芳，很适合余飘飘这样的女孩子喝。

　　余飘飘晃着杯子，眼里竟然是一片雾气一般的忧伤："老板娘，你说，要是你喜欢的人变了一个样子，你还能一眼认出他吗？"我把酒杯举到嘴边："我喜欢的人，要是找不到他了，只要有一日能再见，无论他是什么样子，我都能认出来。"喜善这时端着片好的鹅肝递过来，我捧到手里，看那胭脂般的颜色，不由得想起他曾经说过"素心，你涂了胭脂活似猴子屁股"这种话，一颗硕大的眼泪居然就这么滚落，竟滴在盘里。我忙敛住心神，不去再想，转头笑着说："来，余小姐，尝尝这个鹅肝，配酒很好的。"

　　余飘飘也没有客气，夹了一大筷子就塞进了嘴里，她边嚼边说："好吃，真好吃，我从来没吃过这么好吃的东西。"余飘飘吃完又夹，很快那一盘子鹅肝就见了底，可能是因为吃到了喜欢的东西，刚刚她眼里的忧愁倒是少了几分，变成一点让人怜惜的落寞。余飘飘大概是喝多了，她懒懒地靠在椅子上，如水葱一般细嫩的手指轻划过自己的脸庞，带着一点不屑说道："老板娘，大家喜欢我，是因为喜欢我这张脸，如果我不是这副样子，你说，世人是不是马上就把我给忘了呢？不过我不在乎，我只希望他能看到，能透过这张面皮，把我认出来。"余飘飘忽然冷笑了一声，直接拿起酒壶一饮而尽，她的声音里透着绝望："有人告诉我，要让那个走丢的人找到自己，就必须站在最高的地方，可我已经站在这么高的位置那么久了，为什么他还不来？他是不是不记得我了？"

　　两行眼泪从她的美目中滑落，如断线的珍珠一般凄美。余飘飘凄婉地笑着，对我说："这么美的脸孔，我也是有点戴腻了呢。"她伸出手来，仿佛那川剧里的变脸戏法一样，揭下了一张人皮面具，美艳的余飘飘不见了，露出的是一张小巧素雅的脸容，可我只看了一眼，就再也说不出话来。

　　余飘飘大笑着对我说："素心，还记得我吗？你和孟奇的赌约，该要有答案了。"

"入我相思门，知我相思苦，
长相思兮长相忆，短相思兮无穷极，
早知如此绊人心，何如当初莫相识。"

二十八 · 胭脂鹅肝（番外）

"孟奇，你快来看，我又在汤里加上了你从蓬莱带回的灵芝草，不过汤色显得有点奇怪，为什么是绿油油的啊？"

"傻瓜，那根本不是灵芝草，那是九重天里的地衣啊！"

孟奇重重地叹了一口气，但是嘴角却不禁还是露出一丝笑意，谁让他拿这个糊里糊涂的女孩就是没有办法。

看着那个正皱着眉头举起一只大汤勺闻了几下的女孩，他的本来浅浅的酒窝儿更加明显了。算了，看她这么认真，还是给她一点惊喜吧。孟奇走过去，摊开手掌，亮出那枚微微发光的羽毛："素心，你看，我给你找到了什么？"既然能让她高兴，那么一切都值得。

"孟奇！我只是随口一说，你居然连凤凰初羽都找来了！"素心的眼睛都开始发光，举着那枚羽毛在孟奇身边蹦跳起来，"凤凰可是神鸟！你是怎么才能拔到这根初羽的？有没有受伤？"她本来笑意弯弯的眼睛这会儿却因为担心睁圆了，伸出手去拉住孟奇的胳膊，轻轻地靠在他的肩上，像是在喃喃自语般说道："要是你出了什么事情，那我永远也不会原谅自己。"

孟奇的微笑却仿佛能安抚一切的不安："我能有什么事，去试试看这羽毛是不是像你说的那么神奇。"

素心自言自语一般说着："凤凰浴火而涅槃，而这每次涅槃后长出的第一层羽毛，就有重塑外表的神效，如果入到汤里，能使得那些因烧伤而破相的魂魄忘却痛苦，并使来生不留痕迹。"孟奇看着她，无比认真的祭起那根正在发着淡淡光泽的羽毛，把那神奇的光华注进那锅看起来如清水一般的汤中。虽然只是一些简单的动作，素心那么认真地做来，却如此可爱动人。孟奇想，也许就是因为她的这份认真和用心，才能安抚往来的千万生魂。孟奇还想，这碗汤，如果自己喝下去，不知道会是什么样子。

素心还在看着自己的汤，那边却一阵嘈杂，几个鬼捕押着一个双目泣血的生魂过来了，那生魂不停地挣扎，嘴里只是大喊："我不要投胎，我不要忘记他！"素心也被吸引看过去，她温柔地拦住那个鬼捕问道："是为何往生？"那鬼捕撇了撇嘴角，不忿地说道："生前是个戏子，和一个大户人家的公子哥儿私奔，结果被男方家人抓住，活活装进麻袋乱棍打死。拘魂的时候，还问我们能不能带她去找那个公子哥儿，说有最后一句话要问他。"那鬼捕明显的有点不耐烦："孟婆，你赶紧舀一碗热汤给她，让她喝完赶紧入轮回道。"素心的脸上流露出一抹不忍的神色，孟奇只是看她那微微的一蹙眉，已经知道她在想些什么。

孟奇的脸上露出一抹促狭的笑意，他小声附在素心耳边说道："想不想打个赌？"素心有点吃惊，孟奇平时是不允许自己胡闹的，今天怎么还要和她打赌。"打赌？打什么赌？"孟奇伸出手去一指那个生魂："你我助她不入轮回，不喝你的孟婆汤，不忘却前尘，等到她的爱人再世为人，还能不能再因为这前世的一段未了因缘，回答她这生没有问的问题。"孟奇对着那生魂招招手："你过来。"那个生魂倒也不怕，似乎知道面前的一对男女能帮助自己一般，擦干泪水就忙过来跪下："求求你们，我不入轮回，我不想忘记他。"孟奇还未开口，素心却已叹道："最苦是深情，孟奇，我便和你赌这么一次吧。你有什么办法，让她魂魄回转人间，就赶紧助她一把。"孟奇拿出一张人皮面具，递给那个生魂，笑着说道："戴上这个面具，你就和活人无二，你可以随意改变样貌，要做什么样的人，你就自己选择吧。"

那生魂深深俯倒在孟奇和素心的面前："我余飘飘在此发誓，一定会找到他，然后回转地府，重新做人。"素心好奇地问她："可你要怎么，才能寻到他。"生魂抬起头，咬着牙说："站到最显眼的地方，只要让所有人都看得到我，那么他，便也能看到。"

　　孟奇轻轻握住素心的手，似乎是说给那个生魂，也好像是说与素心："也许到时，你会发现能忘记一个人，比记住一个人，更难。"

　　"今年元夜时，月与灯依旧。不见去年人，泪湿春衫袖。"

二十九 · 如意豆沙糕

那天之后，余飘飘再也没有来过一心居，我看报纸说她还在子归城拍戏。不时，她也会喊助理过来，打包一些小菜带回去，当然每次，也不忘打一壶糯米酒，喜善有时候也会去送一些小吃，回来只说，余飘飘总是喝得醉醺醺的。喜善不无遗憾地对我感叹道："这么漂亮的女明星，却是画出来的。"

我也只是笑笑，并不答话。我知道喜善想问我到底那晚后来余飘飘对我说了什么，我也不是有意瞒着他，只是我自己还有些事情也没有想起来，如何能告诉喜善？而且，余飘飘不知道的是，我根本搞不清自己到底是不是他们每个人口中的孟婆。我如何会成为现在的素心？而孟奇，他又究竟是谁？我的梦里，他似乎和我不仅仅是现在这一世的牵绊。孟奇现在已不在我身边，可我所有的谜团，似乎都又指向了他。

我迷迷糊糊间，能记起一点什么，但又好像忘记了最重要的东西，我记得和孟奇相处的一切，却不记得他到底为何要去登山。我记得姨婆把一心居交给我的时候，说梦厨谱给了我，我便不再能是那个无忧无虑的素心，但我却不明白，为何所有人都说，我不只是素心，还是那煮汤的孟婆。而我梦里的孟奇，到底是不是真的？我想的头都肿了，忍不住按了按太阳穴，只觉得疼痛欲裂。

我叹了口气，决定暂时先不去思索这些缥缈的东西，我有一个预感，所有的真相，终究会有浮上水面的那一天。这时喜善却又过来说道："余飘飘的助理打电话来，说她想定一些糕点晚上拍夜戏的时候吃，说过会儿喊人来取。"不知为何，我今夜，却有些话想同余飘飘说，我想了想，说道："让她不用派人了，一会儿你陪我去送一趟吧。"喜善点点头："现成的糕点还有些栗子饼，早上也炸了一点油果子。"我想起昨夜喜善在厨房忙活，忙问："昨晚睡前你是不是泡了些糯米？"我自言自语一般继续说道："那时候姨婆还在，有次忽然吩咐我一起帮忙做了些糕点，说要带去看朋友。做的就是如意豆沙糕。"喜善不解地问："如意豆沙糕？"

我的思绪忽然飘去了很远的地方，那是姨婆刚刚开始带着我做菜，她总是笑眯眯的，对我说："素心，我只做一遍，你要牢牢记在心里呀。"那次她出了几天门，回来的时候似乎白头发又多了一些，一脸疲惫地嘱咐我去泡糯米，磨豆沙。她的眼睛里闪着奇特的光："素心，今天我教会你做如意豆沙糕。"那天姨婆似乎很累的样子，只教我用大蒸笼蒸透了糯米后再用擀面杖细细地碾成糯米粉，再拿小石磨把红豆磨成豆沙，最后用冰片糖化了，一起做成方糕。姨婆端详着那一方方小巧玲珑的糯米糕，似乎在对我说："糯米豆沙皆是相思产物，世人都以为相思也就是如此了，既甜且糯，相思至浓处就好像扭股糖一般黏在一起化也化不开。殊不知，相思的最高境界，是苦的。站的远远的，不敢叫人发现，为了让那个自己爱的人过得好一点，连面也不敢露，素心你说，这样的人，他是不是很苦？"我似懂非懂地望着姨婆的眼中竟滴下几颗清澈的泪珠，她有些苍老的面庞上，也浮现了一种如同少女一般的爱意。姨婆抓着我的手摩挲了几下，继续说："素心，等你全部记起来的那一天，你就知道有个人为你付出了多少。"姨婆说完就似乎是倦了，挥挥手让我自己去院子里找其他孩子玩了。等我玩了回来，姨婆已经带着豆沙糕出去见朋友了。那天等我睡着，也没有看到姨婆回来。也不知道那个朋友，到底是谁。

喜善见我愣神，挥手在我眼前一晃："又瞎琢磨什么？"我看着喜善那张虽不是英俊，却令我无比踏实的脸孔，心中竟多了几分倾诉的欲望。我拖着他去了后厨，一边把那泡发的糯米放进石碾，磨出米粉好用来做糕，一边柔声和喜善说起来："喜善，你记得你刚到我店里的时候吗？"喜善也一怔，表情忽然柔和下来："怎么不记得，那会儿，你总吩咐我去给你买糖果，说自己觉得嘴里发苦。还有一次，你做了糖醋鱼，我一尝，竟然甜的腻心，问你怎么回事，你还说你明明也尝过，甜度刚好。"

喜善温柔的替换下我，自己来磨米粉，我把冰箱里之前存着的红豆沙拿出来，加上牛乳，更显得细滑。我点上一点豆沙尝味，那红豆的清甜从舌尖顿时蹿出来，让人心头一喜。我喃喃地对喜善说："那会儿，真的觉得过不去了，好在你来帮我，不然店也不知道如何开，人呢，更是如行尸走肉，不愿独活。"喜善接上去："素心，旁人是看不出，我却知道，你只是，心里发苦，却说不出。可你这么日夜想着，就不能想起些，你们曾有的甜蜜吗？为何，非要逼自己呢。""甜蜜？"我呆住了，没想到喜善竟会这样问我。

可我和孟奇，是有太多甜蜜的。我第一次骑脚踏车，是他教会的；姨婆教我做鱼，不小心苦胆扎破，是他吃得满脸皱起；我们还曾一起躺着，他给我念一本童话书，书里有个女孩叫长袜子皮皮，他说，要和她一样，我们去看很多的地方，但不要分离，得一起去。

我忽然微笑起来，在这一刹那明白了姨婆做着如意豆沙糕的意思，相思则苦，那么就把能吃到嘴里的食物做得甜蜜一点，好缓缓那心里化不开的苦。而且，要是也能让人回想起曾经有过的甜，不然这剩下的时光，还真是没法儿过呢。我轻声对喜善说："等下还得多多搁上些糖，红豆沙里也拌上之前我带回来的桂花蜜，做得甜一些。余小姐她，还真的需要吃一点甜的食物呢。"

相思到底，终究是苦还是甜？我摇了摇头，只去做那绝对不会苦涩的豆沙糕。

　　喜善忙着帮我，我轻轻扯扯他的衣角，小声说："谢谢。"他没有回答我的谢字，只是也轻声说："一会儿做好了，你也吃一点。"

　　"上有青冥之高天，下有渌水之波澜。
　　天长路远魂飞苦，梦魂不到关山难。
　　长相思，摧心肝。"

三十 · 云月冻（上）

这日太阳舒服得很，暖的不骄不躁，风也恰恰好，吹得不缓不急，我种在墙角的一株木棉也结了花骨朵，蓄势待发的样子，不慌不忙，都让人心醉。连喜善不知道何时也去理了个新发型，穿了一件我从未见过的衬衫，袖子挽起来而扣子半扣着的模样，倒颇有点英武。

我嗑着绿茶沁过的南瓜子笑嘻嘻地打趣他："喜善，莫不是觉得老板娘最近心情不好，想弄个帅样子来讨她欢喜的吧？不错不错，不过不加工资哦！"喜善的脸上倒是流露出一抹难得的羞涩："余小姐最近来得多，我想说还是收拾得清爽一点，她看着也高兴。"

我抓了一把瓜子壳朝他狠狠丢过去！这个喜善，一日不损我，真的就是嘴里发痒。欠收拾！我大喊起来："店里最近生意不好，不挣钱，我宣布下个月的奖金停发！"喜善淡淡地说："你可会算账？这个月明明是流水比之前多了一倍。"我脸一红，只能讪讪地说："我吓唬吓唬你，怕你对账目不上心！"喜善瞪我一眼，我干脆闭目养神。

不过这天光一舒服，人又开始犯懒了，我闭眼靠了一会儿，竟一阵倦意上涌，昏昏欲睡起来。我拍拍手上的瓜子皮，厚着脸皮说："喜善，我有点累了，一会儿客人来了，你先顶住，我休息一下再下来。"刚要开溜，喜善却抓住我的胳膊淡淡地说："你别休息了，虽然客人现在还没来，但是我帮你接了个活计，马上会有个女人来找你学几道家常小菜，学费我已经代收了，你不能走。""什么！给我找学生我怎么不知道！我不会教她的，要教你去教！"我一听美美的下午觉泡汤了，心中充满了愤恨。"她指定要你教，而且还给了我小费，我是不会退的，你就少睡一会儿吧！"喜善冷酷的抛下这句话后就去前堂接那个所谓的学生了，只剩我在后院疯狂的咆哮。

我正赌气，喜善却带着一个穿着很精致的中年女人过来了，她不算十分漂亮，但一脸的谦逊温婉，看得人好生舒服。她身上的衣服却也极其的讲究，戴着一枚硕大的钻戒，直直的闪着寒光。她看见我，马上露出一个有点讨好的笑容："老板娘，麻烦你。"我也不好在客人面前失了风度，也浮起微笑温言说道："还不知道怎么称呼？""叫我吴太就好，大家都这么喊我。她说着声音却慢慢小下去，看来一个极为内敛温柔的人。"

我迎了她进了后厨又问道："不知道吴太想学什么菜？"她似是沉吟了一下，眼中却闪过一丝凄凉："我，我就想学一点下酒小菜，我先生喜欢喝一点酒，而且喝多酒味蕾麻木，喜欢吃些重口菜，寻常的味道，他多半不满意。不知道老板娘有没有什么看家小菜，不用多，教我个一两道，我回去也好应付他。"我一边挽着袖子一边思索那梦厨谱上的下酒小菜。忽然记起，一道云月冻旁，姨婆却写着，女子，不仅仅是弱者。

我又看了一眼温婉的吴太，心头竟有些莫名的不舒服，但还是笑着建议道："我教你做个云月肉皮冻吧，一次可以多做些放在冰箱里，要吃的时候拿出来拌一下，就可以佐酒，又是川味，香辣重口，想必是讨喜的。"吴太露出一个笑容，表示同意。我看她还是紧紧地系着长衬衫袖口，于是笑着帮她去卷袖子："这样干活可不行，小心脏了衣服。"吴太愣了愣，却惊叫一声忙拦住我，电光石火间，我已看见她的小臂上有几道青紫瘀痕。我一愣，赶紧也缩回手，似没有看见一般用平常神色接着说："吴太那我先给你演示一下做法吧。"吴太也收了那惊惶神色，拿出一个本子，专心等我教给她步骤。

我于是缓缓对她说道："这云月肉皮冻听着唬人，其实倒是极为简单，不过做出来的皮冻会晶莹剔透，内里的肉皮如天上云月一般缠绕好看。"我清了清嗓又继续笑道："不知道吴先生能不能吃辣？刚刚只想着别致重口，却忘了问这个？如果不能吃辣，拌个清爽的姜醋口味也可以的。"吴太急忙说道："他可以吃辣，可以吃的。"她似乎是想了想，又继续问我："不知道麻辣味能不能盖住一些其他的味道？"吴太又似乎意识到自己这么问得不妥，歉意地对我笑了笑，示意我继续说下去。

三十一 · 云月冻（下）

"你看这肉皮一定要除去杂毛，皮子也要刮去内里的油脂，不然就会腥臭万分，即使盖了再多的辛香料，也是难掩那味道的。"我故意停下来，颇有深意地看着吴太说，"人也一样，内里的委屈盖久了，就会有爆发的一天，要是做了什么让自己后悔的事情，就真的是酿了大错了。"吴太本来低着头听我说着做法，听到这里却是一惊，猛然抬起头来看着我，眼中似有万般恨意。

我接着说下去："等处理好了肉皮子，就可以切了细丝，配上香料、酱油和鸡汤，然后小火熬出胶来，滤掉葱姜大料，剩下的等冷却后就是如那云月缠绕一般的肉皮冻。不过要想下酒，还得用花椒面、辣椒油、五香粉、熟芝麻还有多多的蒜泥和香葱一起拌上，不过这么重的调味，想来是可以掩盖住一些其他的味道的。"我似乎是淡淡的这么说到，吴太却被什么虫子蜇了样一震，连手里记录的小本也掉在地上。她蹲下去捡那个小本子，等再起身却是满脸泪痕："都说一心居的老板娘有神通，果然什么也瞒不住你。"她咬着牙掀开自己的袖子，只见那手臂伤痕累累，不只是瘀青血痕，更有被烟头之类烫过的痕迹，真真是满眼触目惊心。

吴太还是那么的小声："委屈？我早已不委屈了，有的，不过是千般的恨万般的痛。"我想握住她的手，却发现她只对我摇头。我忍不住问："为何不报警，或者，回娘家去躲起来，再和他离婚也好。"吴太的脸上闪过一丝懊恼："我只想着他会悔改，想也许，是我的错，他是一时间蒙了心窍，或者是心里有事不顺畅拿我撒火。"我赶紧劝："可现在离开，也不是来不及。"

吴太低下头，但说出的话却让我为之一颤："我不想离开，我想杀了他。"她平静的似乎像在说人家的故事："刚开始他只是谈生意的时候喝多了两杯回来和我吵架，吵得厉害了会推我几下，最多扇我一两个耳光。第二天他总是跪在我脚边道歉，再三保证下次不再动手。后来他生意做得越来越大了，应酬也越来越多，喝醉的次数也越来越多，有几次不知道是不是事情谈得不顺利，回来砸了东西不说，还拿烟灰缸砸我的头，或是扯了我头发往浴缸上撞。好几次打的我满头都是血。等他酒醒了，看见我的惨状，自然也是痛哭流涕，一边扇自己巴掌一边赌咒发誓，还吩咐秘书和司机买了首饰鲜花送来给我道歉。我也不想闹大了，就自己忍了，还和他长谈了好几次，他答应一定少喝酒。后来也确实好了一段时间，对我也温柔了很多。哪知道上个月开始，他有笔投资失败，不知道是结交了什么朋友，夜夜出去喝得烂醉回来，一回来看见我，不管手边是什么，抄起来就打，打得狠了，还解下皮带狠命地抽，有时候还拿烟头烫我。等第二天也一味恐吓我不准说出去，否则让他生意再出什么差错，就揍死我。"吴太缓缓地说完，轻轻地解开那一直扣到脖子的衬衫扣子，只见她雪白的胸脯上，全是一道道血痕，看来是昨晚才被打过。吴太冷笑了一声，又继续说道："前几天他忽然连门也不出了，说生意上的朋友个个都是假的，自己买了酒从早喝到晚，一旦有一件事不合他意，就会打我一顿出气，还威胁我要是敢离婚或者泄露出去，他拼了命不要，也要杀了我全家报复。"吴太空洞的双眸里终于流下两道银线一般的泪珠，她苦涩地望着轻轻沸腾着的皮冻锅："我找了些毒老鼠的药想喂他吃了，可是那耗子药气味却不小，他平时老抱怨我不够贤惠，又说我做饭难吃，我听说一心居老板娘的手艺好，就想来学一道菜，好拌上药给他下酒吃了，即使是一命赔一命，我也不想再过这地狱一般的生活了。"

吴太一口气说完这些，似乎是轻松了不少，她就好像一片被乌云遮住了所有光芒的弯月，摇摇欲坠的挂在天际，不能露出一点光彩，也没有大风来吹散那乌云。我终于轻轻握住她的手，只是像在说另一件事一样轻声说："明月虽皎洁但毕竟不似骄阳那般有力，如果久等不来风，也不能就干脆和蔽月乌云一起隐入黑夜。因为月亮没有做错什么，她只是没办法赶走乌云罢了。"我对她微笑道："风能把乌云吹走的，那些污浊之物，成不了气候。毕竟月亮还是月亮。"

　　那天送走吴太之后喜善问我到底教给她什么，为什么吴太端着一碗做好的肉皮冻回家去了，我只这么回答喜善："用一钱忘忧草，一钱菟丝子，再加一勺我熬的汤，你说，吴先生会怎么样？"喜善嘀咕起来："这要是一起吃完，还不就什么也不记得了，和白痴又有什么差别？"我看着喜善："我这次，可否是做错了？"喜善却说："有梦厨谱教的，不会错。"我摇摇头："可这次，谱上没有写让我这么做。我只是觉得，吴太不是弱者，她既然铁了心想报复，为何不成全她。"喜善忽然伸手，把我一缕额发拨开："你是同情她吧，怕这次之后，她还是会因为被家暴，而做下更大错事。"

　　我对喜善笑起来："去给我做碗甜汤吧，今天不知道怎么又累又饿，嘴里一点滋味没有，只想吃一点甜的去去那种酸涩味。"喜善忽然看了我很久，终于没有说话，转身进了厨房。我坐在院子里，默默地看那棵木棉正开花。

　　"天上月，遥望似一团银。夜久更阑风渐紧。与奴吹散月边云。照见负心人。"

第四章

味·伤心

三十二 · 五彩涮肉

余飘飘又让助理打来电话说今日没有她的戏要拍，让一心居给准备个小单间好来吃饭。我笑起来："一心居这种小店哪有什么单间，不如让余小姐稍晚些过来，我早一点收铺，专门招待她就是了。"喜善听见是余飘飘晚上要来，顿时比平时上心起来，忙不迭地问："那晚上给余小姐准备什么吃？她喜欢吃猪肚、猪心、牛肝、鹅肠……"我故意逗喜善："呵，知道的这么清楚，倒是也说说每个月给你发工资的老板娘喜欢吃什么？"喜善的脸红了一下，不好意思的进厨房去炸鱼块了，只剩我在外面偷笑。

喜善在准备晚市的吃食，我落得清闲，干脆坐下来给即将过来的余飘飘想想菜谱。想了一会儿，不禁哑然失笑，常人来吃也罢了，现在真的是，什么神鬼魑魅，都可以来一心居一饱口福。也不知道，这生魂吃起东西，是什么感觉。想到这些，我又想到了孟奇，忽然忆起那时候和他外出买东西，结果走到一半，忽然下了大雨淋得全身湿透，回家只翻得几包冻了不知道多久的羊肉片，干脆做了火锅，吃的两个人头顶都冒出烟来，还直呼过瘾。那晚孟奇对我说："素心，要是能一直吃你做的饭就好了。"

念及这些，我苦笑了一下，但马上朗声问喜善："喜善，看看咱们还有没有上次托人从宁夏带回来的羊肉？"喜善马上回答道："有呢，带回来就没怎么吃过。"我有了主意，好，那今晚就和余飘飘一起涮肉喝酒，也让她来过个难得的自在时光。对余飘飘，我总是怀着一种歉疚和怜惜，她这样游荡人世，是多么孤独和煎熬啊。

我又让喜善去市场买了一只上好的棒骨配上枸杞、上好的菌子一起小火慢煨着，等骨头酥烂到能用筷子扎出小洞的时候，再捞去所有食材只留汤汁。可还是嫌那汤油腻，再用糯米纸吸去上面的浮油。做到这样，还是不够，得再用剁得细细的鸡蓉团成丸子，用那鸡脯肉丸子滤去汤里剩余的浮渣，直到一锅汤清澈见底才行。我拿一只小勺，微微舀一点儿尝了尝，果然融合了棒骨的香、枸杞的甜、菌子的鲜以及鸡脯肉的滑腻。我对喜善点点头："去拿那只黄铜炭锅出来，一会儿就用这汤做锅底。"喜善啧啧称奇："你们这些厨子，可让我真的明白了，什么叫食不厌精脍不厌细。"我笑起来："都说人生百味，可不就是为了在吃上，多体会一些吗？"喜善一撇嘴："我看啊，这就是馋。"我点头："喜善你说得对，就是馋！"

直等到快12点，才听到门口一阵车响，余飘飘穿着一袭锦团绣花单旗袍袅袅地走了进来，她不好意思道："拍戏又拖了，让老板娘久等。"
她摆摆手，嘱咐助理晚些再来接她，自己一个人进了店。喜善帮我们摆
上两盘手切的羊肉、又端上一碟冻豆腐、一钵大白菜、一把龙口粉丝，
就也自己回房歇着了，不过临走前还是忍不住痴痴地望着余飘飘说："余
小姐多吃一点，你看你好像都瘦了。"余飘飘被喜善弄得也有点不好意
思起来："喜善哥，你还不知道，我吃再多，也胖不起来啊。"我扑哧笑
了，看着喜善脸由黑转红，他赶紧转身，再也不曾出来。

　　我斟上一壶青梅酒，揭开那黄铜锅盖，余飘飘忍不住叹道："好漂亮
的火锅！"只看那火锅里清汤如水，却因为沸腾飘出令人心醉的鲜香滋
味。锅里散落着五色食材，红的是宁夏小枣，黄的是秋菊花瓣，绿的是馨
香薄荷，白的是水嫩葱白，还有一味黑色食材，我特意指了指，含笑问
余飘飘："你可知道这是什么。"余飘飘看过去，不禁也好奇起来："这
是？"我故意绕起了关子："小枣为了去炭火的辛辣之气，菊花为了降
羊肉的燥热之气，薄荷为了调和滚汤的沸腾之气，葱白则是为了去除肉
汤本身的腥臊之气，其实都是普通食物，但这黑色的食材……"我故意
停顿了一下，"则是我姨婆收藏多年的一块龙肝，为了去你身体里的渴血
之气。"余飘飘听完我的话，却是愣住了，大大的美目里一下滚出几颗
泪来。

　　我继续柔声说道："你虽没有喝孟婆汤，又有孟奇给你人皮面具，但

人鬼始终不同，如若要保持活气，难免渴望新鲜血肉，我知道你又不愿伤人，唯有寻些动物内脏来吃，但这都是治标不治本的法子，那种渴血的冲动势必烧的你痛苦不堪。古法都说龙肝可止一切欲火，加上这五色涮肉的轻柔之味，想必是能抑制一段时间你身体的不适。"

余飘飘那美艳的脸上流露出一抹动人的哀愁："自从我离别地府来到人间，没有一日能不被这渴血的感觉折磨，谢谢老板娘，让我暂免这种欲望侵蚀，否则再忍下去，我自己都不敢保证会不会伤人。"她凄婉的神思似乎飘去了很久之前的时光："那天你和孟奇送我返回人间，你收回了孟婆汤，孟奇赠我这枚可画任何容貌的人皮面具，当他推我过鬼界的时候，附在我耳边对我说，如果你有机会在人间遇上素心，告诉她，现在的你还愿不愿意，再继续去等那个你想见的那个人。"

我听到此话却是浑身一震，难道孟奇和我，真的是不只是此生相依。我苦涩地说："其实，我早已想不起一切事情，我记忆里的孟奇，也和我一样，是一个普通的人，我们一起长大，我曾经以为，我会和所有女孩一样，嫁给一个自己喜欢的人，过普通的一辈子。"

余飘飘叹口气："素心，没有想到我那次离开后，你们也会离开黄泉。"我喝下一口有点酸涩的青梅酒："这些我统统不知道是怎么回事，甚至，你们都喊我孟婆，我也并不记得，在你们口中的孟婆，和我有什么关系。"她伸手握上我一握，指尖依旧清冷如水："这么多年，我也早已明白一件事，一切都有安排，你不要多想，谜底自会解开。"我点头："可不能多想，只要想起这些，便头疼欲裂，怎么也想不清楚。"我低头吃了一筷子肉，忽然问余飘飘："为何孟奇，会要你告诉我愿不愿意？"

余飘飘如花一般的双唇却露出一丝苦笑："现在再问一句愿不愿意，又有什么意义呢，我只知道等了这么久，已经等成了习惯，那句想问的话，其实我已经有了答案，可想见他的心，却始终没有改变过呢。不过，我越来越不知道，能不能见到他，也许有一天，我真的烦了，也就回去了，让自己忘了这一切。"

酒越喝越少，余飘飘终于问道："孟奇呢，他现在为何没有和你在一起。"

我忽然笑起来，但是边笑却边滴着大颗大颗的眼泪："是啊，我也想问，他为何不与我一起。"我一仰脖子，喝干了剩下的酒："孟奇现在是死是活，我都并不知晓。只不过一次他去登山，就再也没回来，他们都说，他死于雪崩。"在余飘飘惊诧的眼神里，我抹干泪，对着她嫣然一笑："不过即使他死了，我也要找到他。"

　　"红藕香残玉簟秋。轻解罗裳，独上兰舟。云中谁寄锦书来，雁字回时，月满西楼。

　　花自飘零水自流。一种相思，两处闲愁。此情无计可消除，才下眉头，却上心头。"

三十三 · 蒜香鳝段（上）

那晚我最后的记忆停留在余飘飘愕然的脸上，她不可置信地问我："孟奇怎么会死？他怎么可能死？"接下来的事情，我就不记得了，喜善说余飘飘后来也喝醉了，我们抱在一起，大口地喝酒，大声地唱——是他没有听过的歌。喜善还说余飘飘走的时候对已经醉倒在桌边的我轻轻地说："我还没有放弃。"

我想，余飘飘还会再等下去，现在站的不够高，就再站的高一点，还不是全部的人都能看见她，那就让更多人知道，直到能再遇见那个人为止。

喜善给我端了一碗热热的胡辣汤来，说能醒酒。他看着脸如菜色一脸宿醉模样的我，只能一直摇头："你这个样子等下不要吓坏客人。"喜善又给我倒了一杯蜂蜜水，就赶回厨房准备午市的食材了。我头疼欲裂，挣扎着打开窗子透透气，好让头脑清醒一点儿。

楼下有小贩在叫卖臭豆腐，味道飘进来，我忽然想起那时候孟奇带我去逛夜市，看见臭豆腐炸得金黄可爱，我就非要吃，结果当晚就拉起了肚子，孟奇还笑我。我心里对那种味道又怀念起来，干脆奔下楼去，买了一份，也不进店，就匆匆地站在路边开始吃起来，说不上多好吃，却觉得异常的让我心安，刚刚那种因为宿醉的头痛似乎也得到了缓解。豆腐上放了足足的辣椒和香菜，刺激的我只吸鼻子，孟奇那时候也说："看你吃的，一点样子也没有。"

喜善的胡椒搁的过瘾，我正吃得一脸鼻涕眼泪的时候，忽然有个女声在我背后响起来："素心，你还是那么喜欢和吃的东西打交道。"

是谁喊我，但这声音我却并不熟悉。我诧异地扭头过去，只见一个长发艳丽女人，穿一件素色贴身裙子，媚眼如丝，皮肤胜雪，红唇似火，一双长靴衬得她更加修长。她脸上不见一点儿表情，只是冷冷地站在那里。明明街上没有风，我却感到她的身后鼓起气息万丈，汹涌澎湃。我细细打量了一番，竟觉得在哪里见过似的，可搜肠刮肚，也想不起这么美的人，到底和我是如何认识的。

那美人站在门口，却不进来，只把我从头到脚细细地看了一遍，她微微的皱了皱眉头："素心，你憔悴了一些。"我更是纳闷起来，她似乎是和我很熟，可我为何却不知道她是谁。我站起来迎到门口，对上她毫不客气的眼神，只好淡淡一笑："做生意自然是有些劳神，忘性也大了，不知道，不知道这么漂亮的姐姐要怎么称呼？"美人的眼神如刀子一般犀利起来："素心，你果真是一点儿也记不得了？"她看着我好一会儿后，又似自语一般说道："不记得也好，只是，你还是会想起来的。"她冰雪一般的脸上浮现出一个淡淡的笑意："你叫我烟罗就好，今天我来也是有事情要拜托你。"她的眼波稍稍往身边一转，我这才注意到，她身后站着一个气宇轩昂的中年人，眉目之间似乎蕴着一股伤感之气，好像有满腹心事待与人诉说。

来的就是客，我自然不便多问，赶紧打开一心居的大门，将这两位神秘的客人迎进店里："喜善，泡一壶茉莉花，再洗些新鲜果子端出来。"我又拉开桌椅，请两位来客坐下。那烟罗，笑呵呵地看了看店里的陈设，又继续看了一眼端上茶水小点的喜善："想不到这爿小店，这么有意思。多年前，你就和我提过，当时我怎么就没想到，上来看上一眼呢。"我听烟罗说话，只觉得似有万千玄机，而且她一口一句多年前，更让我心里直打鼓。但既然她不点破，我也不好多问，只能等她先开口了。

等烟罗和那中年人喝上两杯茶后，烟罗用她那微微嘶哑却极富诱惑力的嗓音继续说道："这位先生姓李，是我的一位旧识，原本是想找我帮忙，可这件事我却没有法子，想来想去，只能带他来找你了。"我好奇地问道："不知道是什么事情，是素心可以做到的呢？"

　　李先生并没有看我,他如在做梦一般呓语道:"她一直想吃的是,蒜香鳝段。"我眉间一皱,难道这李先生,才是今天烟罗出现的原因?

三十四 · 蒜香鳝段（下）

烟罗叹出一口气，她看着那名李先生，半是同情半是无奈地说："这位李先生和他的夫人都曾于我有恩，可这个忙，我却帮不上，六界之中，唯一既懂烹饪，又懂情爱的，估计也就是素心你了。"她寒玉一般的脸忽地红了一红，转头看向我，眼神复杂语义暧昧的又道："素心，毕竟你也经历过生死惜别。"我看着面前的烟罗，虽然我肯定这是第一次见她，但她的语气却像知道我的一切，而每当她的眼睛看过来的时候，我也会心中一动，觉得在某一个时空里，我曾和她有过故事。

我决定暂时不去想这些，于是直接又问道："李先生说的她想吃蒜香鳝段，不知这个她，是什么人，还有这道蒜香鳝段，南北也有几种做法，不知道先生想要的，是哪一种。"李先生神游一般开口说："她是南方人，每年梅子黄熟时节的前后鳝鱼最肥，她就要煮蒜烧鳝鱼来吃，和我一起喝黄梅酒，坐在窗前听雨。她最会唱歌，但是酒量不好，喝两杯就靠在椅子上唱歌给我听，她嗓子特别好，唱的人眼泪都会滴下来。"烟罗于是轻咳一下，接过话对我说："李夫人福气不好，上个月出意外去世了，车祸。"我骇然地看向李先生，只见他果然是一脸离伤，满绪的愁思。烟罗继续说："李夫人和李先生感情太好，所以横死的李夫人一直有一抹生魂跟着李先生，不肯入地府。李先生说，是因为今年的蒜烧鳝段，他们还没有一起吃上。今晚就是李夫人七七四十九日的回转夜，我这才特地带李先生来找你，想让你烧一道蒜香鳝段，好送李夫人安心上路。"烟罗顿了一顿，压低了声音继续补充道："你的那道汤，也希望加在这鳝鱼里，让李夫人不再流连红尘，忘却前缘。"烟罗忽然一停，想起什么来似的问我："素心，那道汤，你总归是会记得吧？"

我还来不及回答，李先生就忽然看向我，他的眼睛如血一般通红，看来这一个多月来，李先生未曾安眠过一日。他的声音中，充满了缠绵和爱意："她烧的鳝鱼，和外面吃的都不一样，有股特殊的香气，我也不知道是什么，可是格外好吃。她胃不好，所以会做得比外面软糯一点，平时她都怕胖，不敢多吃，唯有烧鳝鱼的那几日，她会多吃一点，吃完还会拍着肚皮对我说，你看，都鼓出来了。"李先生说不下去了，他扭头看向窗外，烟罗冰霜一般的冷艳神情里，也带上了一点哀思。我伸出手，轻轻在李先生肩膀上拍了拍，柔声说道："等我一会儿，李先生，我这就去厨房准备。"

我快步走进后厨，喜善已经新剖了鳝鱼，我闭上眼，沉吟了几秒，吩咐喜善道："取几枚紫苏腌过的梅子，一杯清酒，再拍十几瓣蒜来。"喜善不解地问："不是蒜香鳝段，为何要梅子？"我解释道："刚刚我轻拍了一下李先生的肩膀，其实就是想感知一下，他在回忆吃李夫人做的鳝段的感觉。不知为何，除了鳝鱼的鲜美和大蒜带来的香气，我还感受到了一股难得的清气，想到李夫人爱喝梅子酒，我猜，这清气的来源，可能就是放了梅子。至于是取紫苏渍过的梅子，是为还可解除鳝鱼本身的土腥味，让这道蒜烧鳝段更加丰富一点。"喜善点点头，忙去备料，我手起刀落，将鳝鱼斩成鳝段，先用热油滑过，让鳝肉紧缩，更加弹牙可口。再重新落油，将拍碎的蒜瓣和姜丝、葱头一起爆香，这时再把滑过的鳝鱼倒入，倒入清酒，放上几颗紫苏梅子，以小火煨熟，出锅前加上盐、酱油等调料，待得做好，一道蒜香鳝段已然是满堂飘香。喜善刚要端出去，我却轻喝了一声"慢着"。

今晚的七七之夜，不知道李夫人会与李先生就着这道他们最爱吃的菜，说些什么，也不知道喝醉的李夫人，今晚又会给李先生唱一支什么歌。我叹了口气，即使如此深爱，也不得不面对离别，既然不能阻拦离别，我也只能送李夫人一程了。

我揭开一只汤锅，舀出一小勺，在那鳝鱼上轻轻洒上一点点。孟婆之汤，忘却前缘，但不知忘记了李先生的李夫人，来世会过得怎么样。

而我在想，如果此生，我真和孟奇是再续之缘，那他今生，到底记不记得我呢。

　　"枕前发尽千般愿，要休且待青山烂。水面上秤锤浮，直待黄河彻底枯。

　　白日参辰现，北斗回南面。休即未能休，且待三更见日头。"

三十五 · 洛神炒饭（上）

我不知道那夜李先生和李夫人到底如何告别，也不知道忘记了李先生的李夫人，走过奈何桥的时候，心中是否会涌起一丝挂念。但我一直在思索，李夫人变成另一个张夫人、王夫人的时候，她的内心，也许也是快乐的。

第二天我刚刚打开店门，烟罗的俏影就闪了进来，她还是那副表情，居高临下地说："素心，弄碗汤来热热身子。"她顿了一顿，补充道："普通汤就好，不要你常给人喝的那碗。"我倒是笑了起来，扬声喊道："喜善，锅里有煨了12个钟头的湖藕莲子大骨汤，给烟罗倒一碗来。"喜善端上来，烟罗也不客气，就自顾自地吃了起来，她吃饭的样子都极为清冷，看不出有任何享受感。

一碗汤喝下去，烟罗白皙的不像真人的肌肤也泛出一点红晕。她幽幽地叹出一口气："素心，我真的很久没有吃过你做的东西了。时间长了，还真是怪想的。"她纤长的手指拨弄着那只喝汤的调羹，居然忽地对我嫣然笑道："你有次调皮，在给我的汤里多放了胡椒，我喝完不停打喷嚏，你就拉上孟奇来看。"她说到孟奇，忽然脸色一收，笑容又不见了，语气恢复了之前的清冷："素心，我要走了，等有空再来看你。"我听她提到孟奇，狐疑之心更甚，也顾不上那么多，只想抓着她的胳膊好好问个究竟。

我刚要问她，这时却有客人进门，我抬眼一看，原来是一个翩翩少年。烟罗却迅速站起来，也扫了那少年一眼，她忽然低声在我耳畔说："有趣的客人，只怕你要费心了。"烟罗说完就飘出了门去，似乎只是一眨眼，就不见了。

我想起烟罗的话，抬眼去看那少年，只见一个唇红齿白的年轻人，身材清瘦，看着似乎还不到双十年纪，有些害羞地站在一旁，一副欲言又止的样子。我忍不住细细打量了这少年一番，他的模样倒有几分像年少时候的孟奇。对，孟奇也是这般，清润如风，总是带着几分羞涩，会站在我家不远处那棵胡桃树底下，小声对我说："素心，今天又带了什么好吃的给我？"我苦笑一声，最近是怎么了，什么都能开始忆往昔。我收了收飘远的思绪，走到那少年面前，依旧用我最惯用的笑容问道："不知道来一心居，是想吃点什么？"

少年的脸变得通红，不知道是因为羞涩还是紧张，他终于下定决心一般说道："他们说，你有一种汤，喝了可以忘掉一切，我想买一碗。"他一口气说完，然后又猛然想起什么一般拿出一个厚厚的红包递给我："我只有这么多钱，如果不够，我能不能以后再还上，我一定会给的！"

他的脸更红了，一直红到脖子那里去，倒是怪可爱的。我扑哧一声笑出来，轻轻地捏了捏那个红包，故意戏谑地说："钱是肯定不够的，我的汤贵着呢，一般人肯定买不起。"少年顿时失望之情涌上满脸，他着急的大声喊道："那要多少钱，我现在去想办法！"他捏紧了拳头，一副拼命三郎的激动模样。算了，还是不戏弄这个少年了，猜来只怕是和小女朋友闹了脾气，又不知道在哪儿听说一心居的汤可以忘却情思，于是就跑来这儿想买一碗汤。不过我倒也是理解，以前和孟奇生气的时候，我也赌咒发誓再也不要见他，但转眼气消了，就又和什么也没有发生过一样了。

少男少女，之所以情感美好，大概都是因为这种没有任何来由的心性所致吧。不会因为金钱权力绞尽脑汁，也不会对对方使用什么情感之术心机算遍。有的，都是少时的一腔孤勇，爱起来山崩地裂，吵架起来也是地动山摇，恨不得再也不见这个人，再也不记得那些发生的事情才好。

我这么一念，心里忽然柔情涌动，也没了逗弄这小小为情所困的少年的心思，忙正色对他说道："回去吧，和女朋友吵架，还用不着喝我的汤，能记着现在的感觉，以后你才知道多么珍贵。"谁知道少年却摇了摇头，轻声解释道："我不是自己喝。"我诧异地看向他，居然猜错了，看来这男孩背后，还有故事。

他的嘴唇颤抖，似乎有很多难诉之事要倾吐，而少年漂亮得像女孩一样的脸上露出刚毅的神色，少年的眼中像钻石一样闪烁起来，他喃喃道："我，是想帮我大嫂，来求一碗汤。"他似乎是怕我不信，急切的又补充道："大嫂，是好人。"

三十六 · 洛神炒饭（下）

我看着这个有些害羞的少年，他明亮的眼睛是那么令人信服，他光辉的脸庞也是那么真挚可信。我站起来，轻轻按住他又坐在桌前，笑着说道："来了这么久，也饿了吧，我准备点吃的来，吃完再说你大嫂的事情。"少年着急起来："可我是给大嫂……"我点点头："可也不能饿着肚子来谈呀，你放心。"大概是认为他的请求有了回应，少年终于松弛下来，坐在凳子上安心等我。他有点不好意思起来，但还是忍不住好奇地问："那要吃什么？"我温柔地告诉他："洛神炒饭。"

我去到后厨，吩咐喜善做那洛神炒饭端上来："先用咸蛋黄碾碎了过油，然后选那红葱切的碎碎一起炸出香味，记住，千万不能大火，必须小火才能有滋味。最后放已经浸泡了鸡蛋液的隔夜饭，饭一定要先在鸡蛋中搅散，一颗颗米粒炒的足够分明才好。"我刚要回前堂，又停下补充说："炒饭总是有点干，你还另用虾米紫菜打一个滚汤一起端上来。"喜善嘟哝起来："一个毛头小子。"我伸出手去拍他一下，不由得调侃一句："喜善，你该不是吃醋吧，见不得我对这小帅哥好？放心，我心里最疼的，还是你这个老帅哥。"喜善的脸居然红了，背过头去剥刚买回来的高邮红心咸蛋，小声反抗道："我是怕又做亏本买卖。"

喜善手脚越发麻利，一会子，就把热腾腾的饭和汤端上桌来。我笑吟吟地说："先吃饭。"少年应该是饿了，羞涩地笑了一笑，就大口地吃了起来。他狼吞虎咽中不忘说道："老板娘，我有时候饿着肚子回家，大嫂也总是给我做炒饭吃。"他赶紧在说话的空隙里扒几口饭，又接着说："大嫂做的炒饭和你这盘一样好吃，只不过，她知道我喜欢吃肉，总是拆了骨头肉，一起炒进饭里，可香啦。"

我听少年话逐渐多起来，知道他已经卸下心防，便把汤推到他面前："喝点汤，别噎着。"少年看一眼汤碗，忽然眼睛又湿了："大嫂每次也给我做一碗这样的汤，要我慢点吃，别噎着。"我对他点点头："是啊，想让人吃得好，炒饭务必是要配一碗汤的。你大嫂，很关心你。"少年放下筷子，又一次追问我说："老板娘，那你的那种汤，真的能让人忘记和感情有关的事情吗？"我自顾自地说道："今天给你做的是洛神炒饭。你可知曹植写过《洛神赋》？他赞美洛神的佳句——髣髴兮若轻云之蔽月，飘飖兮若流风之回雪，只要读来，就能感受到其中的仰慕和珍惜之心。世人都说，其实曹植笔下的洛神原型，正是他的大嫂甄宓。可甄宓却已经下嫁曹丕，成为了曹植的大嫂。之后曹丕又娶了郭贵妃，对甄后却十分冷淡。最后甄宓被人陷害用巫毒之术，最终曹丕把她处死，并封郭贵妃为皇后。"听到甄宓被赐死，少年惊呼起来："好狠心的曹丕！"

我继续说道："甄后死的那年，曹植到洛阳朝见曹丕，曹丕和曹植一块儿吃饭。曹植想起了甄后的惨死，暗暗地流下了眼泪。可亡人无法再回转，曹植也不能忤逆君王和大哥，他只有写下那篇《洛神赋》，还有洛水之畔飘摇了千年的脉脉水波，悠悠白云。"少年的脸色惨白："曹植，肯定是很想甄宓，可他，什么也不能做，他的心，一定很痛。"

少年抬头又盯着我，脸上满是担心和愁思："老板娘，你说为什么甄宓不愿意离开曹丕？"我苦涩地一笑："你的大嫂，也没有离开你的大哥是吗？"少年黯然道："我要她走，可她不肯。她说大哥本性不坏，会改好的。可我……可我，好几次都看见他打大嫂。"少年的拳头又握紧了："那天大嫂的眼角都瘀青了，我让她不要再回来这个家了，可大嫂不走，还问我下学回来饿不饿，去给我炒饭……"少年说不下去了，终于哽咽起来。他抓住我的袖子，哀求我道："老板娘，卖给我一碗汤吧。"

我站起来，走到少年的身旁，轻握住他的手说道："我说了这么多，其实无非是想告诉你一句，你的同情和关爱并不能帮助你的大嫂，就好像曹植一样，他即使写了流传千古的《洛神赋》，也未能救得甄宓一命，况且，甄宓和你大嫂需要的，都不是遗忘。"

是时候让这少年回家去了，我终于还是忍不住对他说："能决定的，只有你大嫂自己，如果她愿意，我可以给她那碗汤。"

少年站在一心居的门口，脸庞被阳光照的金黄，他对我微微一笑："老板娘，谢谢你。"然后就消失在街中，不见踪影。

我看那吃了一半的炒饭，金黄可爱，粒粒分明，喷香扑鼻。可我想，应该在少年口中，还是比不上他大嫂等他下学后亲手烹饪的那一碗炒饭吧。我转身想把炒饭倒掉，喜善却一把接过去，拿着一只调羹，挖了一大口塞进嘴里。他吃了直点头："这洛神炒饭，果然别致。"我唾他："饿的疯了心啦，剩的东西也吃，你自己做的，难道还不好吃吗？"喜善哈哈一笑："也是梦厨谱上的？"我摇摇头："不，是我自己所想。"喜善再吃一大口："那也是世界上，最好吃的炒饭啦。"

我看着喜善，完全知道，他的意思。

"此生虽有尽，恨似影随身，何奈影已深，恍惚见佳人。"

三十七 · 薯泥鱼汤

"小狐狸程衍是不是有阵子没来了？"我看着喜善在做麻油鸡，忽然想起了那只爱吃鸡的狐狸。可喜善提起他就总是没有好气："老板娘你拿出你秘制的那坛子酒糟鸡来，他5分钟内必定赶到。"喜善话音未落，就听见一个熟悉的声音："酒糟鸡没有，麻油鸡也不错呀。喜善大哥，给我弄只翅膀先来啃啃，我可是好久没吃一心居的手艺了！"

程衍不知道何时已经坐到了院墙上，他轻轻一跃，就灵巧地落在院里，对着我们嘻嘻直笑，等他站稳了，我这才看见，他怀里居然抱着一只黄白大猫，眼睛圆圆，胡子长长，倒是怪可爱的。我忍不住伸出手去摸了摸，一边笑道："小狐狸你什么时候养起猫来了？"哪知道那只猫却忽然说起话来："喵，我可不是他养的！我要去找我的主人！我的主人叫王高清！"我扑哧一声笑出来，原来还不是一只普通的胖猫，看来也是得了什么机缘，有了些灵力。我问狐狸："你们狐族，怎么也学人养起猫来？或是饮了前几日月圆时分的帝流浆，也跟着会说话了？"

小狐狸哭丧着脸补充道："什么宠物，不知道哪儿来的野猫，偷吃了我的狐族特制的灵珠，那珠子本来是我求了很久族长才要来提升灵力的，哪知道被他吃了！"程衍愤愤不平地向我大吐苦水，原来这只小猫是不小心走丢后误闯进程衍隐藏身份的房子里，结果发现了小狐狸的灵珠，还以为是什么好吃的就吞了下去，这才有了一些灵力竟能说起话来。

"喵，我没有偷吃，他的那颗大珠子香喷喷的，也不盖着，就放在桌上，我走了一天饿坏啦，当然一口吃掉了，怎么能叫偷吃呢！"胖猫倒是振振有词的，惹得我哈哈大笑起来。这时我却看见小狐狸正在给猫咪使眼色，原来这只狐狸不光是来诉苦的，还有别的目的。我收了笑意，一把把胖猫从狐狸怀中抱过来，一边摸着他的下巴颏让他直打呼噜，一边轻声问："乖咪咪，你说，你吃了他的宝贝，他为什么还肯放过你呀？"猫咪软瘫在我怀中撒着娇，马上告诉我道："他说他能带我找你要一种汤给我主人喝，喝了就能满足我的心愿，这样我就把灵珠还给他！"我凌厉地扫了狐狸一眼，果然这个程衍每次来不是为了鸡就是另有目的。

我继续摸着猫咪，甜甜地问他："乖咪咪，你的心愿干吗要让他帮忙呀，他一只狐狸，能有啥办法，还不如和我说说，或许我能帮你。"猫咪立马一张胖脸挤成一团，委屈地向我说道："我主人王高清，是个好得不得了的大好人！给我买最好吃的罐头，天天给我梳毛，晚上还抱着我睡觉。他又英俊，又温柔，是全天下最好的主人！可最近他交了个女朋友，经常不在家去陪他的女朋友逛街和吃饭，晚上再也不抱我睡觉了，都抱着他女朋友睡。小狐狸说，你有一种汤，喝下去就能让我主人忘记他的女朋友，和以前对我一样好！我好想我的主人和以前一样啊，老板娘，你帮帮我吧！"猫咪边说着，边掉下豆子一般大的眼泪，我忍俊不禁，还真是第一次看见猫咪哭成这样，倒是怪可怜见的，忙又抱紧他一阵安抚。

程衍讪讪地走上来解释："老板娘，我这不是唬他呢，想让他还我珠子而已，我知道你的汤宝贵着呢……"我还没有说什么，猫咪已经扑起来要去抓小狐狸的脸，吓得他赶紧倒退几步。喜善幸灾乐祸起来，哈哈大笑着说："对，就扑他，扑他！哟，别扑空了，往左，往左啊你这个大胖猫！"

这都算什么事儿，但事情来了，也不能不管。我让喜善打发猫咪去院子别处玩耍了，然后吩咐程衍赶紧去他家住处附近张贴告示，看看有谁家走丢了猫。小狐狸正要去办事，又不甘心地问我："老板娘，我的珠子……"我也没好气起来："贴你的告示去，回来我自然办妥，什么破珠子，宝贝的话就自己看好！"

等狐狸、喜善都各自去忙，我抱上猫咪，柔声对他说："乖咪咪，这么半天饿了吧，我给你煮点吃的。"这猫倒是极为乖巧，安静地蹲在一旁看我取了一块鲈鱼鱼腹手剁成泥，又削了一块红薯蒸到软糯，最后将两者混合碾在一起，加上清鸡汤一起滚开成浓汤，顿时厨房里飘荡着鱼的清香，红薯的甜香，和鸡汤的鲜香，诱人，哦，不是诱猫的厉害。

猫咪忍不住了，跳到我肩头叫唤起来："老板娘，喵，你在做什么，好香啊，我好饿，喵。"我笑吟吟地给他舀上一碗，猫咪也顾不上烫嘴就窸窸窣窣的吃了起来，不一会儿就吃个精光，倒在院子的草丛里呻吟起来："喵，这个东西也太好吃了，喵。"可过了一会儿，猫咪却一下串到院里的沙堆中，有点害羞地对我喊道："喵，老板娘，我怎么好想，好想拉便便呀，喵。"猫咪抖动两下，忽然拉出一个圆圆的珠子，当然还有一堆猫屎。只见一道淡淡的精光从猫身散去后，他就又恢复了本状，再也不能说话，只能喵喵叫了。

我抱起这只倒霉的小猫，他有点不解地看着我，大概是不明白为什么自己忽然就不能说话了。我逗弄着他的小下巴，笑嘻嘻地告诉他："猫咪啊猫咪，吃了不该吃的东西，当然要还回去啦。"这时就听见小狐狸兴奋地叫着冲起来："找到他的主人啦！"原来他刚准备去贴告示，就看见一个年轻人已经在狐狸家附近贴了不少告示，看描述，就是小狐狸捡到的猫咪了。程衍赶紧带他回来，好领走这只麻烦的猫。

那名叫王高清的男孩一脸慌张地冲进来，看见我怀里的猫咪，这才松了一口气，忙不迭的和我们道谢，这才兴高采烈地抱着自己失而复得的猫走了。我忍不住提醒一句："你这猫，很通人性的。"男孩也极为赞同："可不是吗，最近还学会了闹脾气，回去啊，怕是要多陪陪它才行呢。"

程衍看着，在旁边可真着急起来，但当着那主人的面也不敢乱说，那一人一猫刚走，他就急慌慌地扯着我问："老板娘，我的珠子？"

我指了指那堆还热烘烘的猫粪，开心地说："喏，就在那里，你洗洗干净，赶紧吃了吧！"喜善也吹起口哨，去准备晚上的食材，只有小狐狸发出痛苦的哀号："老板娘，起码要 10 只鸡腿，不，20 只，才能安抚我的创伤！！"

"一上高城万里愁，蒹葭杨柳似汀洲。溪云初起日沉阁，山雨欲来风满楼。"

三十八 · 藕花鸡蓉羹

昨晚我自己一人可是狠喝了些酒，于是喜善一见我早起的醉态，就气得摔门出去买菜了。

还不是那程衍，最近不知又要有什么事情想讨好我，给我送来了一坛狐族酿的青丘酒，这酒倒真有几分奇妙，除入喉只觉得辛辣无比，等回甘后，却觉得满口清新，如同百花绽放一般涌至舌尖。都说狐族善于制魅，才喝了两杯，我就有些醉了，昏昏沉沉地躺下去，闭上眼就感到孟奇似乎坐在我身边，用他手心有些茧子的那只大手，轻柔地抚摸着我的额头，恍惚间，他似乎还在说："素心，少喝一点。"

我终于迷迷糊糊地睡过去，没有做梦，也分不清到底什么才是梦。今天起来，倒也不头疼，只是有些恍惚，总觉得昨晚真的见过孟奇一般，我对着镜子梳头，发现自己竟一脸桃花色，不由得苦笑起来，真是被这小狐狸送的酒迷了心窍，差点误以幻为实，以为时光倒转，斯人尚在。

我见喜善不理我，只能自己在后院晒了会儿太阳，结果不小心又眯着了。等醒来，身上多了条薄毯，而走到前面，喜善已经打扫好店堂，敞开了窗户正在通风，窗明几净，后厨也隐隐飘来正在炖着的板栗烧子鸭的香味，我最爱休息的小桌上，还泡着一壶冒着热气的武夷茶，我心头暖了一下，喜善的确是真真地关心我。

今天的小板上写着特色推荐：藕花鸡蓉羹。喜善居然选了这道，我微笑起来，这道羹是我教给喜善的，是梦厨谱上给的方子，方上只标注了一句：同醉同食。方子倒也简单，嫩藕切丝，鸡脯肉斩成鸡蓉，拌上淀粉和胡椒，入高汤一起滚熟，清香之余又暖胃滋养。我在姨婆的做法上又改进了一下，将淀粉改成莲子磨成的粉，高汤事先用荷叶同煨一阵，这样的藕花羹更具莲香，少了些肉类的粗鄙气，多了点精致的缥缈滋味。这么一回想起来，竟有些饿了，我不禁朗声喊道："藕花羹好了没有，先给我盛一碗来解解昨晚的酒气。"喜善没有答我，一会儿，自还是端了一碗刚刚出锅的藕花羹来，果然鸡蓉清嫩藕花鲜美，清香之气扑面而来。

我刚要喝上一口，门口却进来一个客人。那人高大瘦削，明明穿的十分精致，却给人很不羁的感觉，他随便找张桌子坐下来，就直着嗓子喊道："来来来，上点酒，今天天气好，不喝一点可不行呐。"他说得轻浮，但我却有些被感染，虽然还是中午，肚里的酒虫竟被他有些勾了起来。我端给他一壶新到的玫瑰酒，自己也倒了一杯坐到一边喝起来。那人先是闻了一闻，接着就倒了一满杯一饮而尽："玫瑰味香而不浓，酒清而不冽，不错。"

那人似乎一杯下肚就有了酒意，轻飘飘地对着我招招手："有什么菜可以佐酒？有酒无菜，太凄凉啦！"他似乎在对我说，又好像对自己说。我忍不住笑道："有上好的卤牛腱子，如果喜欢吃辣，可以拿我们现磨现炸的辣子拌上，下酒是极好的。还有干焙泥鳅、清卤豆皮、糟毛豆，都是今天的特色，您看上一点什么好？"

他没有回答，只是径直走到我桌前，饶有兴趣地问："你吃的是？"我一愣，那客人已经端起了我还没来得及喝的藕花羹，也不客气，就直接大喝了一口。他的脸上闪现出一抹神秘的笑意，回头对我说道："不错，喝完酒再喝这么一碗羹，舒服。"他若有所思的又问："藕花，莲子，荷叶，倒是非常雅致，鸡蓉用了莲子粉，汤里用了荷叶，加上藕花自己的味道，融合的恰到好处。"

那人笑了起来，几口喝掉了我碗中的藕花羹，他丢下几张钞票，再顺手抄起酒壶往外走去，边走边大声对我说："有空再来找你喝酒！我叫金若风，谢谢你的羹。"

我望着他的背影，不禁轻声说："这个人，有点意思。"

　　喜善追出来:"怎么用你的碗,真是不要脸。"我看着喜善,又看看远去的那人,笑出了声。

　　"常记溪亭日暮,沉醉不知归路。兴尽晚回舟,误入藕花深处。争渡,争渡,惊起一滩鸥鹭。"

三十九 · 红娘卷

这日喜善买回了一些新制的红糖来，一块块压的方方正正的，看起来颇惹人喜爱。选一块凑到鼻下轻嗅，能闻见甘蔗本身的清甜和一股红糖特有的焦香。

果然是好红糖。

我满意的对喜善说："喜善你越来越会买东西了。这些红糖都是上好的。"喜善也得意起来，喜笑颜开地问我："要拿红糖做点什么？"这倒是一下子问住了我，做燕窝红糖炖蜜枣？嫌太甜腻。做红糖糯米藕？但这个时节吃糯米藕容易胀气，吃多一点就窝心，看来是也不适合。

我一下子皱起了眉头，只能先吩咐喜善将红糖放好在玻璃罐里，虽然不是什么值钱食材，但任何上好新鲜的食材都值得好好对待，这是我的原则，也是一心居的原则。所以此刻想不到将这新鲜红糖做何种食物，让我心内竟焦躁起来。我只好吩咐喜善先准备别的食物，他轻快地报告："大骨头煮的恰好拿出拆了肉，打算一会儿午市和豆豉、青椒、蒜苗一起爆炒；还有猪肚子和鸡脯肉一起砂锅里煨着，磨了些新鲜胡椒进去，鲜美暖人；最后还备了枸杞叶和花生芽，炝炒一下就能上桌。"

我满意地点点头，决定先上楼去翻翻梦厨谱，为这红糖找找方子，依稀记得，谱里是有一道和红糖有关的小吃，只是我怎么也想不起名字了。刚走到前堂，只听得一声响亮的叫唤，一个有点熟悉的身影闪了进店："老板娘，今天心情甚好，又馋酒，就不自觉走来你这一心居了。"我细瞧过去，原来是前几日喝了我的藕花羹的那个趣人，对，叫金若风。我忙挤出笑容迎过去："金若风，我记得你。"他自恋地笑起来："当然，每个见过我的人，都一定记得我。"我差点翻了个白眼，但还是继续笑着说："不知道今天想喝什么酒，吃些什么菜。"

金若风也不客气，大声吩咐我："先来一壶菊花酿，今儿个不想吃腻了，给我上点甘甜小点就好。"我连忙端上酒，又捡了一笼桂花芝麻包和一碟子红豆糕端上桌。金若风指了指对面的椅子："来，一起喝一杯，这么好的酒，没有人陪也是怪可惜的。"我也不推辞，拿起杯子自顾自倒上一杯，菊花酿的清香扑面而来，似乎未喝已有几分醉。

金若风也饮了一口，似乎漫不经心地把玩着杯子，慢悠悠地说："老板娘你说，世界上最好心的人，是什么样的人？"我一愣怔，不知道他想说些什么，金若风继续抿一口酒："老板娘，你可听过红娘的故事？"

他望向我："世人多说张生痴情，莺莺情深，却不知这西厢故事里，最值得被记住的，却是红娘，没有她的义勇相助，逼着那想棒打鸳鸯的老夫人终于让步，你说崔、张这对小情人，哪能终成眷属？所以啊，世人才管那帮助姻缘的好心人，都叫作红娘。你说这红娘，是不是世界上最好心的人？"

金若风说完倒也笑了起来，又深深地看着我许久，才开口说："是啊，若是能帮助有情人终成眷属，我想老板娘也是常做的。"他仰脖喝光酒，大笑着说："真是一件莫大的好事！你说我，能不能做这样的好人？"我不禁也跟着笑了起来，这个金若风，竟有一颗想做红娘的心，只是不知道他说这段话到底意欲何为。

他似乎看出了我的心思，轻轻地说："我只是叹，世人多羡慕有情人，却忘了红娘的好，不知道以后，到底还有多少谁，能愿意一直帮那世上的有情却苦不能一起的傻鸳鸯。"

我也忍不住叹道："成人之美，自己却不邀功，这大概是一件很幸福的事情。"说完这句，我忽然心中一动，对，红糖虽好，却不想在食物中太出锋芒，不如静悄悄的只添加清甜，给食物增一抹红糖的滋味足矣。就好像俏红娘，成全了张生和莺莺，自己也只是躲在他们身后，悄然一笑。

我顾不上和金若风多说，赶紧站起来，走到后厨去让喜善将红糖化开为糖浆，代替蜜糖拌进之前存着的红豆沙里，最后用糯米粉和了玉米粉一起，制成黏面团，手擀成细细的长片，和豆沙一起做成卷子，最外再裹上一层黄豆粉，糯而不腻，甜且够味。喜善忍不住捡了一枚咬一口，夸道："好吃，红糖的滋味和红豆融合刚刚好，配上糯米的黏绵口感，真是妙极了。这卷子叫作？"

我歪着头想了一会儿，笑道："就叫作红娘卷吧。"喜善悄声问："可是你自己想出来的？"我一挺胸："怎么，瞧不起老板娘的实力？"喜善赶紧拿起一只红娘卷，溜之大吉，而那金若风，还在前面大喊："人呢？小菜呢？"

"乞巧楼头云幔卷，浮花催洗严妆面，花上蛛丝寻得遍。颦笑浅，双眸望月牵红线。奕奕天河光不断，有人正在长生殿，暗付金钗清夜半。千秋愿，年年此会长相见。"

四十 · 神女瓜（上）

喜善一早起来，就非拉着我去菜场，还说我闷得久了，脸色不好，得去菜场这样的鲜活地方走走，沾沾烟火气，才能活起来。我唾他一口："我只是懒，又不是要死了。" 喜善根本不理我，只顾拉着我出门，刚走到路口，程衍也笑嘻嘻地站在那儿，一副等了很久的样子。刚看见我和喜善，他就热情地奔过来："今天我不用陪女朋友，想和大家一起四处逛逛。"

我狐疑起来，这两个人居然凑在一起，一定有什么蹊跷。我跟着他们往菜场走去，一会儿工夫，刚刚还是多云的昏暗天气，这会儿竟然出起了大太阳，晒得人暖洋洋的，心里格外舒坦。菜场里熙熙攘攘的，鸡鸭鱼虾，蔬果海鲜，各种生鲜味道混在一起，倒让人安心的很。我看见一个菜农的黄瓜格外新鲜，水灵碧绿还顶花带刺，忍不住蹲下来挑几根回去，这一分钟不到的工夫，就不见了喜善和小狐狸。他俩不在，我却也自得其乐，一会儿看看有买菜的大娘和人讨价还价，一会儿瞧瞧那边有人在为买螃蟹还是买石斑伤神，再挑挑拣拣一下应季的蔬菜，耳朵里，还能听见各种有趣的叫卖声。喜善没有说错，菜市场真的是让人活力四射。看来那句老话说的没错，谁要是失恋了，拽去菜市场走一遭，保证不再垂头丧气。

　　我逛得有些累了，正要拎着黄瓜个自儿晃回家去，可菜场里人满为患，只能慢慢地往外挪。这时却有一只柔若无骨的手轻轻抓住我的胳膊，一个娇媚的声音如梦幻一般飘入我的耳朵："老板娘，我们能否借一步说话。"我不由自主地随着这好听的声音向另一侧走去，声音的主人走在我前面几步，我还没有瞧见她的正脸，光是看背影，只觉得婀娜万分，有种说不出的妩媚动人。我跟着这姑娘走出菜场，一直走进一条昏暗的小巷。那姑娘又再次用她那温柔无双的声音背对我说："素心老板娘，久闻大名。"她施施然转过身来，理应是倾国倾城的面容，却仿佛在这日光之下笼罩着一抹轻纱，怎么也看不真切。我有些诧异，这曼妙的女子我竟看不出她的来头。但凭着直觉，我知道对方没有恶意。我清了清嗓子，朗声说："姑娘找我，怕是有什么事情吧，直说无妨。"那看不清面容的女子如雨中风铃般轻巧地笑起来："老板娘，我并不是凡间女子，想必你已猜到，我乃地府梦妖，有形无态，所有在梦中见过我的人，都会忘记我的样子，而不在梦中相会的时候，我的脸，没有人可以看得清。"难怪我看不见这女子的脸，但她们梦妖一族多是与男子梦中交合，然后吸取凡间男子的精气从而提升功力，不知这美艳的妖物，是要找我帮什么忙。

我不由得轻叹一声："原来是梦妖。但你们素来不会现身，不知这次是为何而来。"她又轻盈地笑起来，那笑声只令人心旷神怡："素心你可知道神女襄王的故事？神女其实并不是神仙，她也是一只梦妖，只可惜她爱上了襄王，但与君一梦，自此不相逢。我们梦妖，无论爱上谁，都只能和他在梦中缠绵悱恻，可一旦醒来，他们却连我们的脸都无法想起。老板娘你说，这是不是一件顶可笑的事情。"

　　我望着面前这身段妖娆却没有面容的梦妖，明白了她的意思，想必在她曾经入侵过的梦里，有一位郎君使她心动了。那梦妖的声音柔柔的再次响起，仿佛我现在所听到的也不过是梦一场："素心，我只想求你帮我，能和我心爱的人真真切切的见一次面。如果事成，作为报答，我会让你梦见一次你想梦见的人，而且这梦里，你可以问他一个你想问的问题，你看这笔买卖你愿意做吗？"

四十一 · 神女瓜（下）

我猛地抬起头来，望着那张永远也看不真切的脸，忽然间，我的眼睛竟然有些湿润，好像她说的每一句话也和她的面容一样不真实。我的嘴唇也跟着发干起来，在这条僻静的小巷里，世界都一下坠入了一个虚幻的梦境里，原本面前的梦妖也不知何时已不在我身边，不远处的小巷尽头，是一个我最熟悉的背影，他的衣袂飘摇着，看起来和多年前没有任何区别，我想迈一步向前，再看得清楚一点。可这一步走出去，我立刻清醒过来，面前站着的却是喜善和小狐狸。

我喃喃地道："她说，我可以梦见孟奇，还可以向他，提一个问题。"喜善和小狐狸互相使了个眼色，似乎对这一切早已了解。我诧异地看向他俩，看来这梦妖已经事先和他俩接触过了。我扫了这两个家伙一眼，冷冷地说："现在倒已经学会和别人一起来作弄我了，真是进步不小啊。"喜善倒不搭腔，程衍却沉不住气了："老板娘，我是看这梦妖怪可怜的……"他话音未落，喜善却平静的接过话头："梦妖许给我们和你一样的承诺。"我气结，这喜善，倒弄得大义凛然，好像他这卖主求荣的事再正常不过似的。

程衍讨好一般凑过来问我："老板娘，你可有办法帮助这梦妖让她能不止和情人在梦中相见而已？"我细细回想了一下，似乎姨婆的菜谱里，有这么一段记载，我把手里的嫩黄瓜轻轻抛给喜善："走，回一心居。"

　　一路上，我忍不住小声问喜善："狐狸想做什么梦我不太感兴趣，喜善你想梦到谁啊？"喜善黑着脸不答我，我只好胡猜："肉铺老板那个俏女儿？还是卖汤圆的那个短发女孩？喜善，你不要告诉我你还惦记余飘飘啊，你真的没戏，人鬼殊途啊，还是趁早打住比较好！"喜善听到这里，狠狠地拍了我的头顶一下，差点没把我打成脑震荡。这一下只让我晕头转向，等我好不容易恢复，喜善和小狐狸这两个没良心的家伙已经甩着手走远了。我刚要喊喜善小心点别碰坏了黄瓜，却忽然福至心灵般想起菜谱上的一段记录：神女瓜，将新鲜黄瓜切蓑衣刀，新鲜柠檬榨汁后加少许糖、少许盐调好浇入，最后撒上干煸的虾皮和海苔碎，酸甜鲜美，又不失黄瓜本味的清香，滋味自是别致。

　　我还记得，这道神女瓜的旁边，是姨婆用她特有的小字缀着批注："神女有意，身不由己。梦若清心，可见神女。"原来所谓襄王梦遇神女，却求而不得，并不是襄王有心神女无意，只是神女并不能现身与之相见啊。我怔怔地站在原地，不知道该不该做这么一道菜，而我想在梦中见一次孟奇，不也是一样吗，我自己并未清心，见到的，也不过是我内心的幻影。

我清了清嗓子，大声喊道："你们两个慢点，别老想着做梦，回去给我把那新到的一百斤大白菜一起给腌了吧！"

孟奇，我不要通过这样的方式来见你，如果你在人世飘零，那我就算踏遍四海，也要寻到你的生魂，如果你已经入了地府，那么我也要想办法和你遇见。

"意离未绝，神心怖覆；礼不遑讫，辞不及究；愿假须臾，神女称遽。徊肠伤气，颠倒失据，黯然而暝，忽不知处。情独私怀，谁者可语？惆怅垂涕，求之至曙。"

四十二 · 神女瓜（番外）

喜善看着她轻盈地一跃，跳上一张桌子，两只脚打秋千般晃着，说不出的灵巧可爱。她长发绾成一个粗粗的辫子，随意地搭在肩头，水绿色的衬衫有些皱了，汗津津地贴在身上，充满了烟火气息。她轻咳一声，拿手里正常吃的核桃仁丢一颗在喜善身上，故意装出一副八婆的样子说："喜善，你是不是看上隔壁卖零食的小姑娘了？赶紧地，多去走动走动，好给我弄些蟹黄瓜子和奶油山胡桃来吃，要免费的哦！"

喜善那张不太有表情的脸也忍不住微微露出一点笑意，但他还是背过身去，泡了一杯蜜桃乌龙递给这个正在盘算以后到底能有多少免费零食吃的不靠谱老板娘。滚热的开水倒进杯中，顿时激出一阵若有若无的甜香。她也永远身上有一股淡淡的甜甜香气，像是水果，又像什么花儿，和她的人一样，淡淡的散着香气。

"素心，大白菜再不腌上，就要坏了。"喜善找了个话题岔开她正在胡说八道的猜想，顺便把热茶递给她："吃多了干果热气的很，喝点茶润一润。"素心接过茶抿一口，顿时笑起来，眉眼弯弯的如新月般动人：

"喜善还是你好，知道我最喜欢喝蜜桃乌龙。"她慢慢喝完手里的那杯茶，拍拍手又利落地跳下桌子，顺势也在喜善的肩膀上一拍："走，再去泡壶老君眉。"

喜善看着素心慢慢踱进厨房，不慌不忙的在各个角落里摸来摸去，像变魔术一样找出一大堆瓶瓶罐罐。她在院里一字排开那些罐子，声音温柔的如同介绍自己的情人一般动听："喜善你记好，这是梦厨谱里留下来的方子，我又改良了一下，普天之下，就算我的腌大白菜最好吃了！"她一一指着那些罐子介绍给喜善："这是虾皮焙干磨的粉，提鲜。这是海带晒干后和干辣椒一起碾碎的辣椒面，比其他的辣椒面都要香且柔和。这是芝麻，用铜锅炒好后香气才持久。这是整块儿的冰糖，不会过甜，白菜里必须加糖才够有滋味。"

素心指挥喜善把早已暴晒过的几口大缸打开，码一层白菜，撒一层腌料，忙了一整个上午，才把几口缸子都装得满满当当，她白皙的额头沁出不少汗珠，晶莹却生动。忽然她又叫起来："喜善快帮我打一碗水来，手上的辣椒面弄进眼睛啦！"喜善摇头，总是那么不小心，真不知道是怎么当老板娘。喜善忙取了冰水和毛巾给她敷眼睛，弄了一气，眼睛却肿起来，和哭过似的，看着颇是好笑。喜善注视她一阵，终于忍不住笑了起来。

素心却吼道："这个时候就知道落井下石，我这是因公负伤，快给我拿鸡汤煮碗面来，滚一点小花蛤和海蛎子一起进去，再放些油菜和滑子菇，安慰一下我。唉哟，好辣。"喜善直走进厨房，也不说话，一会儿端出一碗薏米冬瓜瘦肉汤："辣椒烧心，喝点清润的去去燥气。"素心温柔地笑起来，眼睛还有点儿肿，却依旧弯弯的，弯成一道桥，直通进喜善的心里去。她喝一口，咂吧了几下嘴，顿时开心地说："喜善，火候越来越好了。"

喜善听素心夸奖，不经也得意起来，忍不住也接话道："做梦都在想如何做饭，当然不比之前啦。"素心听完，眼珠子一转，一抹坏笑又浮现在她嘴边："喂，你还没告诉我，上次你和梦妖的交易，你打算要做梦梦见谁啊？"喜善的脸忽然红了起来，和那刚刚撒上的辣椒面一样红。素心还在叽叽喳喳地说着："到底是不是余飘飘啦，你脸红什么？是不是被我说中了啊？"

喜善看着这个有时蕙质兰心，有时却又有点傻乎乎的素心，和往日一样面无表情地对她说："素心，午市该开店了。"素心一副不甘心的样子，但还是没有再问下去，晃晃悠悠地走进厨房去操持中午的菜色了。

喜善望着那个纤细的背影，轻轻地说："这个笨蛋。"

"愿在木而为桐，作膝上之鸣琴；悲乐极以哀来，终推我而辍音！"

第五章

味·鉴心

四十三 · 西门猪头肉（上）

　　自从下午开始，西南角的天空就黑的令人害怕，仿佛云层正在不停地下压，喜善盯着看了好一会儿，问我道："这黑云怕不是寻常云朵吧？"我探出头仔细看了看，只觉得那团云诡谲压抑，竟好像是有什么能量巨大的东西正在操作。我叹口气，也不太想去管这闲事，说不定是哪个城里的高人正在做些什么秘事，还是不去插手为好。喜善忽然问我："你们梦厨派这么多年，难道就只剩你一个了？"我竟被喜善问住，奇怪，这么些日子了，我好像是从来也没有想过这个问题。

　　不容我多想，那风就已经刮了起来，我赶紧吩咐："晚市早点收了吧，客人也不多，你去拾掇一点腊肉，用腊八豆和青蒜叶炒了，再炸一点花生米，最重要的是帮我把最后的那壶桂花酒温好拿来。"我话音刚落，只看见一个身影闪进了店里，只见那人穿着一件极为精致的衬衫，看似油头粉面却气质不凡。他自顾自拿起一片桌上的枣糕丢进嘴里，嬉笑着坐下："老板娘，我来得早不如来得巧，看来今天有口福了，这最后一壶的桂花酒，我定要讨一杯来喝喝了。"

我朗声笑道:"原来是金若风,许久不来照顾生意,怎么一来就要我请客呢。"金若风也不辩解,只是笑着说:"一心居今天没客人,倒比平时显得有些闷热了,我开个窗透透气,再来和老板娘一起喝酒。"他兀自地走去窗边,似真的显得闷热不堪,刚打开窗户,就听见金若风一声惊叫:"这里躺着一个人,好像是,是受伤了!"

我也是一惊,忙喊了喜善来一起看,果真是躺着一个浑身血污的男人,他匍匐在地上,嘴里只喃喃地哼着一句话:"别吃我,别吃我。"我赶紧让喜善和金若风一起把这男人搀扶进来,又倒了一碗热茶来给他一气灌下去,过了好一会儿,他才缓缓睁开了眼睛。见到我们,他只慌乱地喊着:"有怪物!会吃人!"喜善见他似乎是受了很大的惊吓,干脆一把扛起他来带去楼上的小客房,安排这人收拾清洗,先睡上觉安定一下。

金若风倒是一脸镇定,还是那副笑嘻嘻的模样:"老板娘,你可信这世间有会吃人的怪物?"我递给他一杯酒,仔细想了想才回答道:"吃人的不一定是怪物。更多的时候,吃人的往往就是人自己。"金若风哈哈大笑起来,举杯对我敬了一敬,仰脖一口气喝干了,才长叹一声道:"好酒,只可惜酒已经冷了。"他忽然温柔地看着我,好像我是他认识已久的故交,似乎要说点什么,但最终还是没有说。

这时候喜善却慌张地冲下楼来,大声喊道:"老板娘,这个人,一直在胡说什么，他的女朋友被怪物吞掉了！"我也吃了一惊，难道这城里真的来了什么我不知道的妖物？金若风倒是不慌不忙："我们上去看看吧，说不定只是这位朋友惊吓过度说的胡话。"我点点头和他一起上楼，心中十分好奇，好奇的并不是这陌生人口中的怪物，而是这位金若风的来历，他必然不是寻常人，但既然他不愿意透露自己的来历，我也不好去过多打探。

那人被喜善擦干净了血污，露出本来的面容，是一个三十岁左右的男子，模样还有几分俊朗，只是眉眼之间透着几分猥琐，让人看了不舒服。我让喜善给他又端来一碗黄芪猪心汤，黄芪顺气，猪心安神，喝完汤他也显然平静了一些，似乎是能说一说事情的来龙去脉了。他的声音还在发抖："我和我女朋友听说城外九龙山上忽然塌陷了一个大口子，一眼根本望不到头，里面还总有奇怪的声音。听山下的住家说是只要拿大量食物丢进去，然后说一个愿望，第二天就能实现，据说灵验的不得了。我和我女朋友就背了一口袋吃食上山，想去许个愿望，谁知道刚上山，天色就变了，飞沙走石，天昏地暗，我们咬牙还是摸到了那个口子旁边，里面阴风倒灌恶臭扑鼻，我们忍着恶心把食物丢进去，刚许了心愿，就看见里面爬出来一只大口怪物，一口叼了我的女朋友进肚，我也吓得昏死过去了。等我醒来，那怪物已经不知所踪，我连滚带爬地下了山，弄得浑身是伤，挣着最后一口气想起大家都说要是有了不能解决的事情，就来一心居找店里的老板娘，哪知道刚到店外就又体力不支昏了过去。"他一口气说完，虽然依旧在簌簌发抖，但逻辑却异常的清晰，我不禁心中有了狐疑。我沉思了片刻，笑着又问道："先生，我再问一句，你和你女朋友许的愿望是什么呢？"

那男人的眼睛忽然射出狠毒的光芒，虽然只是一转而逝，却依旧被我看到了。他咬着牙说："我的女朋友其实是一个有夫之妇，她的丈夫已经卧病三年，我们这次是去许愿，希望他早日超脱，早登极乐！"

四十四 · 西门猪头肉（中）

　　我听完这男子的话，忍不住一凛，再看过去，更觉他面露凶光，恐怕这所谓的吃人怪物事件，还另有玄机。我不动声色地劝道："山间怪事多，说不定是你心中所念，这才疑心生暗魅，怕不是你女友不小心，自己跌下了山洞？"那男人顿时激动起来："难道我能看错到这个地步？一个活人被怪物吞了，我就算再怎样也不会看错！"我还要说什么，金若风却无意般说道："这倒是奇怪了，听说过吞人的怪物，也听说过能实现愿望的菩萨，可就是没听说过能实现愿望还又吞人的怪物，这倒是挺有意思的。"

　　我听他这么说，总觉得有什么东西我就要明白，却怎么也想不起。再看那男人，神色竟也流出一丝慌张，似乎更显得内有乾坤。金若风又幽幽地笑道："这位先生，看你也受了不少惊吓，现在要是好一些，不如和我一道下楼，让老板娘炒几道小菜，我们喝一顿安魂酒。"那男人居然马上面露喜色，虽然只是一瞬，却也被我看到，我的狐疑更甚。

　　金若风又道："老板娘，不知道有什么小菜适合这位惊魂未定的先生？"听得金若风这么说，我倒是想起来姨婆的菜谱里有这么一道菜，菜名叫作西门猪头肉，因《金瓶梅》书中那西门庆最爱吃蕙莲拿一根柴火就烧的稀烂的猪头而得名。这菜得用挂在乡间柴火灶头上用做饭的烟火熏制了整整一个月的猪头，再把两腮的嫩肉片下来，拌上香菜、葱丝、胡辣油、豆豉酱，再浇上一勺滚油，这菜油腻肥嫩，是最好的下酒菜。姨婆也在旁写了注解——佐梅子酒，放大人欲，吐露真言。

我想定这菜，一边笑道："那这位先生先下楼坐坐，我这就去备菜温酒。"等金若风带着他晃下楼去，我赶紧吩咐喜善去这男人所说的山头看一看究竟，我总有一种预感，就是那男子口中吃人的妖物，确实不是他胡说八道，而是真的存在。"万分小心，如有不对，立马回来。"我交代喜善，他点点头，赶紧去了。等喜善出了门，我亲自进厨房开始烹饪，除了那西门猪头肉，又炸了几条黄鱼，又炒了一个鸡汤豆苗，再把梅子酒温得热热的，这才端出到大堂来。

金若风早已对着那男子口若悬河，说得唾沫横飞，似乎俩人早已交换了一生，成了八拜之交。金若风看见我，忙叫苦起来："老板娘你可算来了，我们饿得不行了，快端上菜来，我们吃喝起来。"我摆好碗碟，又为他二人斟上酒，就也坐下来，笑着说："看来你们聊得甚欢，不知都说了些什么？"金若风似有深意一样指了指西门猪头肉对那男人说："快吃，这菜一看就是下酒的好物。"男人似乎也是饿了，忙拿起筷子大口吃起了，又仰脖喝了好几杯梅子酒，不一会儿就双眼迷离、满脸通红了。金若风却不吃菜，只是慢慢地酌着酒，不时举杯也敬我一下。

酒过三巡，菜也见了底，那男人已经口歪眼斜，只指着已经空了的猪头肉说："老板娘，好手艺。"金若风却和没事人一般，也不见任何醉态，他总是那张谜一样的笑脸，好像什么也不知道，又好像知道一切。我刚要开口，金若风却抢在我前面问道："先生，你现在可还记得在山上，你到底许了什么愿？"那男人的脸上露出狰狞的神色，他刚刚开口说道："哪里真有什么怪物……"喜善却在此时狼狈地奔进门来，他的脸上满是惊恐，我忙迎上去握住喜善的手，只听他口中吐出一句："怪物，真的有怪物！"

我和金若风同时惊呼起来："你说什么！"喜善深呼吸了几口，才咬着牙关答道："我找到了他说的地方，不觉得可怖，反而有种奇怪的饭菜香味。正当我细心查看，却看见一个怪物看着我，那家伙，羊身人面，嘴大如斗！我从未见过，这样的东西！"听到喜善的描述，我竟和金若风同时惊呼起来："饕餮，这怪物，居然是饕餮！"

四十五 · 西门猪头肉（下）

我顿时悚然，饕餮本是龙子，乃上古神兽，怎么会出现在这喧嚣都市之中，实在是令人奇怪。而如若真是饕餮吞人，那只怕真要是引起大大的祸端。再看那男人，却已喝得太醉靠在椅子上昏睡过去，我心急如焚，只想摇醒他再问个究竟，可他却口歪眼斜，不得动弹。倒是金若风，却恢复平静，笑嘻嘻地看着那喝醉的男子，不时还给他一巴掌，或是捏着那男子的鼻子捉弄他一番。

喜善坐下来喝了几口茶，显然是也受了不小的惊吓，这才又描述他看到的场景："我上得山去，又碰见几个山民，他们却说从未有什么许愿的事情，只是前月山腰忽然出现一个大洞，偶尔会发现有附近居民养的鸡鸭经过那边，就消失不见了。我更加狐疑，于是直去了那个洞口。刚到洞口，本来想要直接进去，好在这次我福至心灵，先留意了四周，这时，便看见一只恶兽从那洞口另一侧，慢慢走了出来。"喜善顿了顿又说："奇怪的是，那饕餮明明看见了我，但并不发难，反而只是闷哼一声，就又退回了洞中。我死里逃生，惊魂甫定，在那山脚稍作休息就又立刻赶了回来。"我听完喜善的话，心中大感不安，这饕餮生性贪财贪食，难道真的因为饥饿做出食人的恶行吗？要对付这神兽，我还真是没有一点把握。但如果他真的已经开始吞食生人，那就算拼尽性命，我也要灭了这饕餮。

金若风轻咳一声，干脆拿起酒壶直接边喝边笑道："若真是饕餮，我想他即使是再饿，也不至于吞了那女人，毕竟是封了神的古兽，这点操守，也还是有的吧。"他又若有所思地望向那醉成一摊的男子："似乎这位先生，有些什么还没和我们说呢。"我心内计较一番，顿时明白了金若风的暗示，看来饕餮不会食人，食人的不一定是怪兽。

我见喜善着实辛苦，便先吩咐他去休息。金若风倒没有离去的意思，他早已喝干一壶酒，又自己去寻了桃花酒来，也不用小菜，只一杯接一杯的饮酒。我笑起来："你酒量倒真是极好。千杯不醉看来不是夸张。"金若风也递给我一杯："老板娘倒真是会做生意，也不赶我走，也不找我结账。按理我也不是这么没有眼力见儿的人，只是今天我看还有人会寻着你一心居的美食过来，要走早了怕是会错过这一番好戏。"我见金若风说的煞有其事，便干脆直接问他："你到底是做什么的，对我这一心居，是不是好奇心太多了一点？"

金若风见我终于问了，倒也坦然自若，他夹上一筷子小菜，有滋有味的又吃了几口，这才回答我："素心，不瞒你说，你们梦厨派虽然低调，但世上也不是全无人知晓，既然留下一本梦厨谱，自然也就有人想要。那些开饭店的、做餐饮的有钱人，也就会找来。我是一个私家侦探，有人花钱想要我来打听梦厨谱，不才，也真的就查到了一二。"金若风说到这里，顿了一顿，忽然严肃："梦厨派，相传是地府孟婆为了解有情人之苦而创，以食物慰人心，以美味解愁肠，而你们梦厨派世代相传的立派之本，就是一本梦厨谱。"

他刚说完，忽然静下来侧耳听见什么似的，过了一会儿，金若风却转了个话题，自顾自微笑起来："老板娘，有客到。"

只听见一心居的大门吱呀一声，走进来的却是一个彪形大汉，足有两米高，200斤重，更奇的是他肩头一边扛着一个昏过去的瘦弱男人，一边扛着一个同样昏迷的妖艳女子。这大汉面不改色地放下这两个人，对着金若风一拳打过去，直打得金若风一个跟跄："狗日的，你在这里吃香喝辣，却不通知老子。"金若风挨了一拳不怒反而大笑起来："饕餮老兄，这世上难道还有什么美味，能逃得过你的鼻子？"

我大骇："原来你便是饕餮！"大汉看起来虽凶恶，听我如此惊呼，却到不甚恼怒，只是走到那烂醉如泥指责饕餮食人的男人面前，不屑地吐口唾沫，向我们解释道："上月我路过那山头，闻见城里异香扑鼻，顿觉腹内雷鸣入鼓，于是停下脚步，看见正好有个山洞阴凉舒服，就捉了几只鸡鸭烤来填肚皮，又见这山里舒服，就打算休息一阵，再进城来寻到底是什么美味。殊不知我正在洞内生火，法力没有控制好，只弄得山崩塌陷，还弄伤了自己，只能继续在山洞养伤。可能附近的山人看见我那洞穴怪风鼓动，就传言山里来了怪兽。哪知这谣言正好被这对在山里苟且的狗男女听见，就要谋害亲夫，将这女人的病夫推进洞中，然后说是被怪兽吃掉。哪知这男人，刚和这女人推了她丈夫下洞，又想图谋她财产，一不做二不休，把这女人也推下山洞里。"饕餮说到这里不禁气结："这坏胚，诱人妻子，还要图财害命，好在被我听见，救下这两人，不然真是要白白担了这吃人的恶名！"他冲我憨厚一笑："这坏种一会儿就交给我处理吧，我正好要去地府一趟，交给阎君处置，对待这种人，阎君可有的是办法，素心你说是不是？"我一愣，怎么这饕餮也认识我。

那饕餮也不顾我作何反应，只是一气解释完这前因后果，不由得舒畅的大笑起来："金若风，要是早知道你在这儿，我就不管这闲事了，定要早点赶来和你痛饮三百杯。老板娘，还愣着，快给我上菜，我可是饿死了！"金若风的脸上露出一抹坏笑："老板娘，我看刚刚的西门猪头肉不错，再帮我们多上一点，我这饕餮老兄定爱吃这口。"我虽不知这金若风又要使什么坏，但还是依他之话做了猪头肉端来。饕餮果然是大肚能吃，不一会儿盘干碗净吃的精光。金若风端起一杯梅子酒递到他手中，豪迈地说："来，干了。"我刚想劝不要，那饕餮却已经夺过酒壶一仰脖儿喝个见底，只看他马上眼内迷离，似有千般话想说。

金若风笑着附在他的耳畔问道："饕餮兄，你可有什么秘密要和我说吗？"那饕餮居然脸上露出孩童神色，歪头想了一阵，听话的回答他："我不能吃韭菜。吃了就拉肚子！"我再也忍不住，哈哈大笑起来，真没想到，这神兽饕餮，最大的秘密竟然是这个，金若风也愣了一会儿，终于和我一起大笑起来，他笑到抹着眼泪说："原以为能套出什么大秘密，早知道就不赔了那一壶梅子酒了，亏大，亏大了！"

我看着眼前的饕餮和这位神秘的金若风，总觉得以后的事情，还会更有趣呢。

"事拙全因利，人昏皆为贪。慢言香饵妙，端只是鱼馋。"

四十六 · 尾生鱼丸

金若风最近来店里的频率越来越高，总是在我们打烊前摸进来，有时候我和喜善在吃点私房体己小菜，他也不客气，坐下来就吃我们的菜，还自己走到柜台后去打酒。我拿他的自来熟也没有办法，只能任他去了。喜善本来对金若风颇有好感，但几次金若风吃饱喝足也没有给钱后，他便将他彻底拉入和小狐狸程衍一样的黑名单里去了。

"占便宜没够。"喜善这么狠狠的宣判。我倒也不介意，只是对他的背景越发好奇起来，他是仙？是妖？还是只是一个凡人？我看不出来，但金若风既然只坦白了自己是一个私家侦探，那更多的我也就不问，虽然他明显不是普通人，懂美食，还和饕餮这么熟悉，看来，也是一名角色。只等他愿意坦白身世的时候，我想他自然会说。

这日金若风倒是来得极早，午市的客人都还没有到，他就拧着一尾大马鲛进来了："老板娘，快来，这新鲜的马鲛我有朋友今早从东海来看我，专门给我带了这么一尾，你看看是红烧还是清炖，唉呀呀，这下是有口福了。"喜善扫着地，不动声色的绕到他背后："哟，这次铁公鸡拔毛了？"金若风也不恼，反而笑嘻嘻的一把抱住喜善："喜善，我这不是每次来，只为和你把酒言欢，共度良辰。难道你不知我心意？"倒把喜善弄了个大红脸，唾他一口躲去了后厨。

我刚想让喜善把那马鲛鱼收拾了拿来烧豆腐，这时却进来一个眉清目秀的少年，他神情恍惚，容颜憔悴，身上的衣服好似多天没换过了，他喃喃地问道："请问素心老板娘在吗？"我忙笑着迎上去："这位小哥看起来有些疲惫，赶紧坐下我给你盛一碗热汤暖一暖。"那少年听见汤字，却精神一振："汤，是那可以忘了爱人的汤吗？"

我听他如此问，知道又是一个为情而来的人，便干脆也不拿菜单，只是笑吟吟地坐在他对面，慢悠悠地问道："不知道小哥如何称呼？"那少年早已三魂失了两魂一般，神不守舍地回答我："我叫欧阳经纬，老板娘，汤呢，能赶紧给我一碗那喝了就忘却前缘、此生不再思念那人的汤吗！"我还未开言，金若风却竖着耳朵听见，忙接过话来："这位欧阳小哥，那你真是来对地方了，我们这位素心老板娘，做的汤美味绝伦，包你喝了被这味道勾去魂魄，就算是之前让你心碎也好，心动过也好的绝世美女，也都再也提不起兴趣啦！"

我扑哧笑出来，这金若风果真是油嘴滑舌插科打诨的一把好手，不过被他这么一搅和，倒惹的那少年郎也不明真假，不敢再问下去。金若风继续说："哎呀，谁不知道素心老板娘会做汤啦，整个子归城，只要是小道消息灵通一点，都懂得一心居有神奇，老板娘漂亮，做菜好吃不说，还会一道忘情汤，喝完就忘，要我说啊，大概是放了什么鸦片安眠药物，只是让人神志不清吧！"我听他胡言乱语，也只能哑然失笑。

金若风却一副浑然不觉自己说了什么的样子，他见那小哥继续发呆，就嬉皮笑脸的凑来我边上问道："那马鲛不知道要怎么做？老板娘，这午饭时间都要过啦，等得我是心浮气躁，饿的都要……"那欧阳少年听见那个等字，却像是触动了某根神经，他顿时激动起来："等？你可知道我等了她多久！足足等她五年啊，她出国五年，我每天都活得生不如死，等到她终于回国，却再也不肯见我一面！我的等待，就如此没有价值吗！"说到最后，欧阳经纬声嘶力竭地咆哮起来，他满脸都是不甘和愤恨，还有绝望和痛苦。

我不言语，心里却有些不舒服。为何又是一个因为等待而苦痛的人。是，姨婆说，我们梦厨一门，有能力也有义务去安抚那些苦情之人，开导他们的心结，用适应的食物，为他们解除烦扰。可如今的我，也不正因为等待同样苦恼吗？我有资格为他做菜，或者有资格为他开导迷津吗。我想的出神，喜善却不知道何时站在我身旁，他闷闷地喝了一句："发什么呆，是不会做老板娘了吗？"被喜善一喊，我五脏六腑忽然归位，可不是，这一心居开着，素心老板娘，就得安抚来客。

　　我顿时轻轻在那少年的肩头按了一按："你只看见了等待，等到最后，可真是因为爱而等，抑或只是为了等而等下去？执念往往最能蛊惑人心，我不会给你汤，却可以为你煮一碗尾生鱼丸。"少年讶异地看着我："尾生鱼丸？"我轻声答道："是啊，用那胶质丰富的马鲛鱼最弹牙的腹肉手打成泥，再和上马蹄碎增加鲜甜和脆度，用虎口捏出丸子，在鱼头和老酒熬的鲜汤里一滚，加上水芹菜的叶子提提味道，就是一碗尾生鱼丸。"

　　金若风所有所思地问我："这尾生，可是那抱柱的痴情少年？"我点点头："尾生为了在柱下等约定的女子，直到大水淹没，也不肯离去，世人皆赞这痴情，我却只想痛骂他。这种没有任何价值的等待，为何还要被拿来传唱？痴情虽好，但人心已变，良人已不会再来，这种没有任何期望的等待，只为了成全自己的一厢情愿而已。"欧阳经纬听完我的话，完全愣住，他拿出一张照片，上面是他和一个清秀的女生的合影，他们站在一棵树下，一起笑得没心没肺。

　　金若风抽过那张照片，对他说："既然等不到，就不要再等了。等不到，也不代表就要忘记。"他兀自饮下一杯酒，高声说道："世人都说痴情苦，我却说痴情傻，傻到明知道已经得不到，却还幻想可以等来回心转意。"

我没有接金若风的话，只是去厨房做了一碗尾生鱼丸端上来。鱼丸雪白，汤色清洌，我淡淡地说："尾生不懂的是，人生其实一直在失去，失去的东西和人，其实也会以另一种形式回来。"欧阳经纬看了一眼那碗鱼丸，摇摇头说："谢谢，我想我现在，不需要了。"他向我们鞠了一躬，就掩门而去。金若风端详了一下那鱼丸，只是推来我面前。我笑着说："我不饿。"他半是玩笑半是认真地说："素心，你又在等谁呢？"

我对他说："我等，是因为我觉得我一定能等得到。"

"尾生与女子期于梁下，女子不来，水至不去，抱梁柱而死。"

四十七 · 灵犀菇（上）

喜善刚和我说最近市场上的仔鸡不错，肉嫩且甜，不如买一些来做桶仔鸡，话音未落，小狐狸程衍就和长了顺风耳一样冒了出来："老板娘，桶仔鸡好吃，快做一点我也好沾沾光啊。"喜善的扫把顿时扫到小狐狸的脚下："吃鸡不给钱，小心生儿子没屁眼。"我一口热茶差点喷出来，喜善居然能说出这种粗俗不堪的话，看来对老吃白食的狐狸意见很大。

小程衍委屈起来："老板娘都没有意见，每次就是喜善你对我冷嘲热讽，我保证不生儿子，我生个小丫头，气死你！"喜善接过去："等哪天我找到你的小女友，揭穿你的狐狸尾巴，看你和谁生丫头去！"

我不去理会这两人的唇枪舌剑，只是吩咐喜善："桶仔鸡我总觉得过于油腻，你去拿糯米泡了，拌上松仁、花生、墨鱼丝，一起塞在鸡肚子里，鸡皮外面抹一层细盐巴，用小砂锅倒上泡墨鱼的水，小火煨一个小时，这叫乾坤鸡。"小狐狸听我说完，顿时欢呼起来："一听就好吃得不得了！看来今天有口福了！"

喜善冷哼一声，撂下一句"想吃鸡就给钱"，匆匆去后厨忙叨了。我却觉得能看他俩斗嘴，倒是不可多得的乐子，程衍见喜善去了后厨，这才跳过来附在我耳边悄声说："老板娘，别看我吃鸡不给钱，我却有好东西悄悄拿给你呢。"他对我神秘地眨眨眼，摊开手板，手心里攥着的是一棵不起眼的小草。我好奇地接过来，刚嗅了一下，就闻到一股奇异香味，这香味勾魂摄魄，让我顿时脑内千般往事都涌现出来。

那是孟奇有次带我去游乐园玩，我看很多人都在套圈摊位上，就也凑过去看看热闹。最远的是一只大熊，毛茸茸的格外惹人喜爱，我很想要，但又觉得实在难套，就没有吭声。孟奇看了我一眼，就去买了套圈，没想到最后一只圈儿扔出去，竟然真的套中了大熊。他拿过来给我，淡淡地说："我知道你喜欢。"这只大熊已经很旧了，却还摆在我的床头。

程衍得意地对我说："老板娘，此草名叫灵犀草，传言常人吃了，能耳聪目明、益智延年，而若是同一株草由一对儿真心相爱的恋人共同服下，就能互通心意，哪怕相隔千里也能知道对方心中所想。"我听小狐狸这么说，倒有几分不信起来："哟，若是此草这么神奇，为何程衍你不和你的小女友一同吃了呢？"小狐狸不好意思起来："我，我这不是想多感谢老板娘吗？你还打趣我。"

我接过这株灵犀草，端详后只觉得这枚小草确实不是寻常花草,细看叶片竟然在微微的发光，看来此草确有一些玄机。我笑着对小狐狸说："多谢你这番心意，今天我保证，一定让你吃饱了鸡再回去。"我们还在谈笑，这会儿客人也陆陆续续来了，喜善又来说今天后厨备了新鲜鱼籽，他说自己处理的鱼籽总是有腥气，执意让我做，我也就没有再细问程衍，便匆匆去灶旁烹饪菜肴了。

忙了一整个中午出来，客人也走得三三两两，程衍也早已拿着打包的乾坤鸡去接女朋友了。店里只剩一桌，还坐着一个女孩，正在自己独酌。喜善对我努努嘴："喏，这个客人，已经喝了两壶了。你要不要去看看，要是吐在店里，我可不想收拾啊！"我往那客人瞧过去，只见她的菜几乎没有动筷，身子也有点晃晃悠悠，显然只是求醉。我走过去，轻轻按住女孩正要又倒满酒杯的手，温言说道："不知道小姐怎么称呼，只是这么喝酒，怕是会伤了胃，我端碗鸡丝芥菜粥你先暖暖胃。"

那姑娘早已醉眼蒙眬，苦笑着拨开我，又去够那壶酒："你是谁？干吗不让我喝酒？就让我醉死好了，反正没有人会管我！"我不免有些气结，哪儿来的傻姑娘，只怕是失恋，在这里独自买醉发酒疯。这时店门又被推开，进来一个星目剑眉的男子，他对我客气地点点头，便径直走到那姑娘身边，他本来客气的脸庞，此时看见女孩，却端的冰冷起来。那男子一把拉起那姑娘，严肃地喝问道："楚樵，你这又是在干什么？"

四十八 · 灵犀菇（下）

那叫作楚樵的姑娘见到男子，却只是一声冷笑，她伸手又去倒酒："简风你凭什么管我？你又有什么资格管我？我就算醉死了，也不管你的事！从此你走你的阳关道，我过我的独木桥！"她虽然说得决断，但眼角却闪动着泪光，怎么也不像是要和这个简风老死不相往来的样子。简风叹了一声："楚樵，我们为什么会走到这一步呢？你是真的不懂我的心思吗？"那姑娘却一拍桌子，她一脸嘲讽的反问："简风，你问我懂不懂你的心思？可你从来不说你在想什么，我什么都要猜，我真的猜腻了，不想再猜了。"简风的眉眼低垂下去："你真的不相信我？我和那个女生，真的什么也没有，可你非要我解释。"

楚樵的眼神闪烁着，她似乎想说点什么，但还是没有张嘴，只是倔强地扭过头去，不看简风一眼。简风见她这样，咬着牙说："你不是想喝酒吗？好，我陪你喝，喝醉了，就当什么也没有发生过！"他们两个人，明明都在乎对方，却非要装出一副不在乎的样子，实在是看得我生气。

我轻轻咳嗽一声，忍不住走过去说："做生意讲究和气生财，两个人说话也是一样，酒喝多了，说的话往往言不由衷起来。我去端一点下酒小菜来，两位吃一点东西，再心平气和地说说话。"我顿了一顿，又补充说："一句话说出来容易，可伤了心，就没那么容易修复了。这违背内心的话，还是不要说为妙。"

我走进后厨，拿起那棵小狐狸给我的灵犀草，真是奇怪，当我闻见这草的奇异香味，就能想起一些当时孟奇对我的心意。孟奇有次很晚了，忽然跑到我家来敲门，他也不进来，就靠在门框那儿和我说了几句闲话，他说他路过我家楼下，看见灯还亮着，就上来看看。我的心在那一刻怦怦直跳，我伸出手握了握孟奇的手，他的手温热柔软，我们不说话，就那么握了一会儿。孟奇回去后，我躺在床上傻笑了很久。刚刚他来看我，就是宝哥哥对林妹妹说的那句你放心一样，那么令我心安。

我忽然明白了，什么叫心有灵犀，什么叫一点就通，并不是什么高深的法力，其实便是两个相爱的人之间有的一点点默契。这一对儿年轻的男女，他们一定是相爱的，我能做的，是用这棵灵犀草，让他们看清彼此的心意。

可要做点什么好呢？我咬着唇思索了好久，也不知道让灵犀草如何入菜，喜善却匆匆走进来说："我的老板娘，你到底蘑菇了这么久要做啥啊，那一对儿傻鸳鸯已经喝得又哭又笑了！"蘑菇？我脑海终于浮现出菜谱里的一道菜——灵犀菇。姨婆的方子是这样，鲜菇切片，用骨汤煨熟，用薄荷、香芹、芝麻油拌匀即可。姨婆的注解也很有意思，只有短短五个字：相爱即相通。我小声嘀咕道："果然我想的没有错。"喜善不解地问："你说什么？什么没有错？"我得意一笑："这就上菜。"

等我端着灵犀菇上桌，楚樵和简风都已经喝醉了，简风大着舌头说："我不是不想陪你，我只想多挣一点钱，让我们的未来，过得更好一点，我怕委屈了你，怕你会跟着我吃苦啊！"楚樵的脸上却全是苦涩："你知道吗？我需要的不是你给我买多少东西，也不是你给我多好的生活，我只想我生病的时候，你能陪在我身边，给我煮一碗热汤。你煮的汤多好喝啊，可我已经很久没有喝过了。"

他们都沉默了，大概都在回忆那曾经一起抵头浅笑，相守喝汤的日子吧。我轻轻把那棵灵犀草挤出一点青汁滴在菜中，端去楚樵和简风的面前。空气中顿时飘散出灵犀草那奇妙的异香，这香味如梦似幻，像有实体一般在每个人的眼前轻轻展起一面轻纱织成的画卷。我看见的是孟奇在画中对我微微一笑，我知道他笑容的意思，那是在叫我珍重。店里的人在那一刻都痴了，皆在这灵犀草的气味中，明白了自己的心意，看见自己心中的挚爱。

我刚想劝他二人先吃一点菜，简风却已经紧紧抱住了楚樵："樵，是我不好，我忘了我曾经答应你，要让你快乐，而你最大的快乐，就是我的陪伴啊！"楚樵也已经红了眼圈，她拼命地摇着头："我没有真的怪你，我知道，我都知道，你是为了我们的未来……"他们已经说不下去了，只是抱着对方，把心中所有的思惘，无声地交付在这拥抱里。

喜善轻轻地问我："这灵犀菇，他们还没吃呢。"我笑着说："最好的心有灵犀，不过是两情相悦啊。"我转身上楼，本想去看看那只熊，那是孟奇与我的心有灵犀。喜善忽然叫住我："素心，能不能陪我坐会儿。"我惊诧地看向喜善，他很少这样问我。我点点头，也和喜善一起坐下，他给我倒了一杯竹叶青，自己居然也倒了一杯。

喜善也不说话，只是喝一口酒，看一眼我。我被他看得古怪，忍不住问："看什么看，天天一起，还有什么好看的。"喜善瞧一眼自己杯中的酒，干脆一扬脖子干了。他从来未曾如此严肃过："素心，你是不是不想做一心居了？"我一愣，不知道他为何如此问我，我本应该呵斥一声，说一句无中生有，但我内心某处，却隐隐的不敢回答喜善的问题。

喜善见我不说话，只得叹了口气："素心，我平日都叫你老板娘，不是因为我想和你故意生分，也不是因为你是老板我是伙计，而是我觉得，做老板娘时候的你，是最开心的。"我再次一愣，没有想到喜善，说出这样的话。喜善接着说下去："一心居和你，都是我想一直守护的，你们，都是我心里不可缺少的，永不崩坏的存在。"喜善一口气说完，也不看我，一口气跑开了。

我忽然想，喜善的心思，我可能真的是想错了。

"昨夜星辰昨夜风，画楼西畔桂堂东。身无彩凤双飞翼，心有灵犀一点通。"

四十九 · 醋椒豆腐

金若风与我正在下棋，他不知道从哪儿拿了一副水晶围棋，颇有点精致，拿着把玩一会儿就爱不释手。可我不会下围棋，于是金若风提议，拿着这漂亮的围棋，下几盘五子棋也是不错。我俩于是就在店里大呼小叫的下起五子棋，当然也不会尊重对手，悔棋是一定的，侮辱对方也是一定的。金若风举起一颗子，狞笑着对我说："不要小瞧你的对手，此招一出，神鬼皆哭！"我也不屑地反击道："就凭你那三脚猫的棋艺，挡不住本姑娘的杀招，尽管放马过来吧！"

喜善正好拿着年前风干好的猪肠子准备去后院翻晒，看见我们在下棋，好奇地凑过来一看，他瞅了一会儿，终于崩溃："真是两个比我手里大肠还臭的臭棋手！"喜善还装模作样伸出手在鼻子前扇了扇风，好像我俩的棋艺真的有味道似的。金若风哈哈大笑："喜善，想不到你说起笑话，也挺好笑的，哈哈哈！"喜善的脸于是黑下来："金先生，我们是做生意的地方，不是慈善堂，而且我看你也不像贫穷落魄之人，还是多结账少说话为好。"

　　我见形势越发不利，再下去怕真的要输，干脆耍赖推掉了棋子，笑着说："金若风输了，罚他现在去对街买些绿豆酥回来，那家店铺的绿豆酥好吃不腻，就是可厌那老板为人聒噪，每次去都要拉着我说些生意没法儿做的闲话，实在是受不了。"金若风眉毛一挑："素心你居然也有受不了的人？我还以为你什么人都和颜悦色呢。"我唉哟一声，忙解释道："那可真是大误会了，我开门做生意，当然对客人和颜悦色，若是其他人，我这就……"我还没有说完，喜善却补充道："就是母老虎。"金若风本在喝茶，听见喜善的话一下没撑住，一口茶全部喷出来。他笑得直蹬腿："喜善，我服气了，服气！"喜善却不笑，反而又盯着金若风看了一会儿："你说你是个私家侦探，我倒是想问问，你能不能寻人？"金若风听喜善这么说，不经意地瞟我一眼，却还是不正经地回答："喜善看上哪个姑娘了，交给我，女孩住哪儿用什么香水，高跟鞋穿几码，有没有狐臭，全都打听清楚！"喜善赶紧唾他一口，我也跟着笑起来。

　　我们正在嬉笑，却有客人进来，是一位常客，他经常来点一些小菜，还通常会要一壶热热的黄酒，独自吃喝。见是常客，我便赶紧笑容满脸地迎上去："房先生，今天备了你最爱吃的雪花鸭子和香油丝瓜，你看都上吗？"房先生却似今天一身疲惫，他倦容难掩地对我微笑一下，低沉地说："好，就都上吧，再来一壶黄酒。"我忙答应下来，见房先生今天着实像是心情不好，我犹豫了一下，还是问道："房先生今天可有心事？"他不好意思地说："老板娘费心了，和老婆吵了几句，这不只能来店里解决晚饭了。"我理解地对他笑笑，忙安慰道："夫妻吵架没有隔夜仇，等会儿吃完了我给房先生装一些新做的蜜糖米糕，带回去给房太赔个不是，不会让你进不了门的。"

房先生听我这么说，忙感激地向我道谢。我俩正在说些客气话，却听见一声泼辣的女人怒喝："好啊，房子衡，你在这儿和什么女人谈笑？怕是把我已经忘到爪哇国了吧！"我回头一看，只看到一名气鼓鼓的年轻女子，正怒火中烧地瞪着房先生。我心念一转，马上明白，这是房太寻来了。房先生嗫嚅着站起来，结结巴巴地解释："老婆，我……她……是老板娘……我们……"

我心中暗说不好，心想这个房先生也真是太不会说话，只怕房太要更不安乐了。我忙接过话头："这是房太吧，房先生正说在家不知道你吃过饭没有，让我煮些暖胃的汤水打包给他带回去呢，看我光顾着说话了，你们先坐，我这就去上菜。"我说完赶紧退后，只听见房太还在训斥房先生："从今天开始，你除了看我，和我说话，都不准理其他女人！对！老板娘什么的也不行！"房先生倒是也很顺从："好好好，不理就不理，你不要生气了，都是我不好呢。"

我不禁失笑，看来虽然房太善妒，房先生却也受用得很，倒真也是一对儿活宝，绝配的很。我笑着唤来喜善："来，给房先生房太太上一味汤水。先用那嫩豆腐切厚片，记得豆腐要先在滚水里煮一会儿去掉豆腥气。再用里脊肉丝、木耳丝一起和高汤煮开，待沸腾后放入豆腐，勾一个薄薄的水芡，打上一个蛋花儿，最后加入醋和胡椒粉。"金若风凑过来问："这菜又叫什么？听着怪香的，等会儿我能蹭一碗喝了暖暖胃吗？"

我嘴角不禁上扬起来，捂着嘴小声说："此菜，叫作醋椒豆腐！"金若风一愣，接着抚掌笑道："果真妙！再适合这对儿醋鸳鸯不过。"我接着说道："都说名相房玄龄其妻善妒，因太宗赏了两名小妾而大怒，逼着房玄龄赶走小妾。太宗听到大怒，喊来房玄龄和他妻子，以抗命之名赐毒酒给房妻，房妻心中愤恨，竟举起毒酒一饮而尽。结果太宗哈哈大笑，原来赐的不是毒酒，而是一杯老醋。房玄龄也在一旁表明心意，愿只和发妻一起相守。太宗被他们坚定心意所动，遂收回成命。"我又叹了一口气："不相爱，又何来的醋意呢？"

喜善已经麻利地端来了醋椒豆腐，房先生忙给房太盛了一碗，柔声地说："慢慢喝，小心烫。"房太尝了一口，吐了吐舌头："哟，酸！"

"结发为夫妻，恩爱两不疑。欢娱在今夕，嫕婉及良时。"

五十 · 扶苏牛肚面（上）

我这几天睡得不踏实，夜晚总是惊醒，昨夜更是一宿不安，快天亮时，干脆披上一件衬衫去门口坐着，看那轮月亮一点点沉下去。我也不知道我到底内心是什么在慌张，就好像，我已经能预感到，沉默海面下的涌动，也感觉到了一种神秘力量在我体内的苏醒。当然，并不是和蜘蛛侠那样，我即将拥有什么超能力，而是我明白，一个我一直想不起来的东西，即将到来，真正的揭开现在欲说还休的面纱，让我看个通透。

但这面纱的揭开，到底是好是坏，我并不能知晓。只愿当事情真的全部被我知道的时候，我不会后悔。

结果晨露太凉，我坐了一会儿，鼻子就痒起来，一个喷嚏接一个的打起来，显然是感冒了。我头重脚轻的摸回床上，又翻箱倒柜找出一片不知道什么时候的感冒药片，一口气吞下去。这下好，几天的失眠终于全部没了，换来的是一场如下坠一般的昏睡。

又是噩梦，或者，根本不是梦。我拉着孟奇的手，在黄泉边狂奔。

204 _

黄泉出奇的安静，孟奇也不发一言，跟着我身后跑着。我们不知道跑了多久，直到我累到脱力，完全跌坐在地上，再也爬不起来。一个冷酷的笑声在我头顶炸起："素心，你这是何必呢，明知道逃不掉的，你还连累了孟奇。"我刚想说话，可孟奇温柔的声音却率先答道："是我愿意的，和素心无关。"那个冷酷的笑声变得更加寒冷："你们要让我如何处理？那么多双眼睛看着，那么多被她放走的亡魂！"孟奇的声音更加坚定："这不是她想造成的，究其根本，还是我的错。"那个冷笑的声音主人终于从头顶飞落，那是一张艳丽的脸，美到令人不敢相信，这么美丽的女人，会出现在黄泉境界。那美艳脸庞的女人，说出来的话却令人十足胆寒："她的一滴指尖血，让十万亡魂喝下的孟婆汤失效，而你为了包庇她，竟然篡改了判官册，让那十万亡魂继续为人，你说这笔账，我要怎么和你们算！"

我正大惊，想要追问个究竟，却有另一个温暖的声音在我耳畔唤道："起来，喝碗姜汤。"我拼命睁开眼，映入眼帘的正是喜善的一张黑脸。不知道为何，当我睁眼看见的是喜善的时候，我竟莫名心安，甚至窃喜，那梦已经结束，在我身边的人，是喜善。

我哑着声音说："感冒了，怕是今天不能开店。"喜善半是嫌弃，半是关切地说："这么大的人还感冒，大晚上不睡觉坐在外面，能不着凉吗？"我气呼呼地想反驳，却又呆住，喜善是怎么知道我失眠的。我不说话看着他，喜善忽然结巴起来："我，我起来尿尿而已……"

　　我心头暖了一下，喜善总是这样，嘴上不承认，其实总是默默想着我，怕我心思太重而自讨苦吃。我刚想说些感谢的话，却一碗滚热的姜汤直喂进我嘴里，把我烫的叫苦不迭。"要死啊，烫死我，看谁给你发工资！"我骂了一句，却发现喜善也在偷笑，这个家伙，故意整我。但看见喜善的笑脸，我也跟着高兴了不少，那噩梦的阴霾也减轻了。

　　喝完姜汤，我舒服不少，喜善又拿了几只抱枕给我靠在床头，我翻着梦厨谱，想怎么继续改进几道菜。正思索着，喜善忽然又铁着脸进来，我刚想问怎么回事，却发现他身后站着一个蜂腰长腿的长发艳女，我仔细看去，是烟罗。我盯着她的脸，发现和我刚刚梦里的那名艳丽女子，竟有几分相似。我甩开这个念头，挤出一点笑意："怎么，来找我？"

　　烟罗看一眼喜善，我明白她的意思，对着喜善摇摇头。喜善没好气地哼一下，还是关门出去了。我指了指一只小凳："我不讲究，房间并不爱收拾，你随便坐。"烟罗倒也不推辞，自顾坐下，她看一眼我的样子，问："病了？看你不舒服的样子，我可是来的不巧？"我强压内心的一丝焦躁："来我这儿，是有什么事情？"

　　烟罗低头沉吟一下，她漂亮的睫毛在眼睑处投下一丝阴影，让人只觉口干舌燥。我见她不说话，干脆直说道："不用客气，一心居来的都是客，虽然你不说，我也知道你和我肯定是有些渊源，如果需要素心做什么，尽可直说。"烟罗忽然一拨长发，朗声笑起来："果然还是那个素心，虽然看起来柔情，但内里却永远是那么爽直。那我就有话直说了。前几日，地府使者丢了个生魂，最烦的事情，是那个生魂是因为被人陷害后自杀而亡。我们担心，这个生魂怕是会心生报复，但如果现在强拘回地府，这个生魂怕是会因为强烈的复仇心而生变。所以我想，在他回去之前，先来你这儿，喝一碗汤，忘掉一切。"

五十一 · 扶苏牛肚面（中）

我低头沉吟一下："可，我又怎么能知道这生魂下落？"烟罗却说："这你不用担心，使者已经找到他的下落。"我不说话，内心却在思索，烟罗来找我，看来对我的确了如指掌，而她和地府，显然也是关系紧密。她的身份到底如何，和我还有孟奇，又有何种关联呢。不过我不打算拒绝她的请求，这份人情，我打算卖。

我清了清喉咙，尽量让自己的声音听起来诚恳："我很愿意答应，但我想，和你们地府也做一笔交易。"烟罗一惊，似乎没想到我会提出这样的要求。但她很快作答："素心的要求，我当然要满足，你尽管提就是。"我也飞快接上："等这生魂回归，我要一朵，彼岸花。"

烟罗笑起来："素心，这要求不过分，只是拿到彼岸花，对你而言，并不见得是一件好事。"我也笑答："不管是不是好事，我都不想再糊涂下去了，你们既然都不说，那我有权利自己弄清楚。"烟罗点头："好，成交，等生魂回归，我带彼岸花来见你。"

　　烟罗见事情已经说完，别向我告辞，说今晚自然有人会引那生魂前来。我也继续休息着，晚上要是有事，更要打好精神了。我正懒懒靠着，喜善却上来对我说："老板娘，买了些牛肚，需要如何处理？"我听见牛肚两字，倒是一怔，我望着喜善说："你这家伙，真会买菜。"喜善好奇："怎么，牛肚却可以怎么做？"

　　我翻开梦厨谱："喏，这是一道扶苏牛肚面。"我见喜善望着我，便继续说下去："秦始皇病逝前，下诏令扶苏即位，但赵高和李斯等人却害怕扶苏登基后，对他们不利，于是辅佐了胡亥登基，并假传诏令，以始皇身份赐死扶苏，扶苏最后自尽而亡。"喜善点头："那这扶苏公子，岂不是内心冤枉的不得了，不但做不成皇帝，还被逼死。"我也叹道："所以才会不甘心，哪怕做了鬼，也想手刃仇人，讨个说法吧。"

　　喜善见我沉默，赶紧又问："这牛肚面？"我收收心神："新鲜牛肚浸泡汆烫捞出，放入冰水中静放，这样才能足够爽脆，切片后再用郫县豆瓣酱爆炒，配上洋葱、香芹、红椒，出锅前淋上一足勺香醋，炒好后铺在面上，味道酸辣，格外开胃。"喜善皱着眉头："可是这和扶苏有何关系？"我抿嘴回答："我想，这便是做菜人的温柔吧，希望这扶苏公子，在满腔愤懑的时候，如果能吃上这么一碗醋畅的面，心里的郁结，也能好一点。"

喜善嘀咕着："就是，吃饱了，再好好睡一觉，还有啥过不去的。"我竟也跟着叹道："是啊，要是世人都和你这么想，那该多好。"我挥挥手："去准备吧，晚上，有客人会来。"喜善赶紧问："不会又是那种不给钱的客人吧？"我笑着答："钱呢，是没有，但是却有比钱更贵重的东西。"喜善向我竖了竖大拇指，一脸赞赏的去忙活了。

等天彻底黑下来，我的感冒也因为那碗姜汤好了几分。我收拾妥帖，下楼到店堂等待，不知道烟罗口中的生魂，何时才会前来。喜善给我煮了一碗粥，用薏米和粳米一起先熬的软糯，再用榨机打磨的更细腻，最后加上豆浆，煮的香气更足，加上一点冰糖，喝着格外甜美。我夸喜善："这么适合女子的粥都会煮了，以后什么女朋友找不到啊。"喜善横我一眼，转身去了后厨。我正喝着粥，忽然一丝阴风从我脖颈处窜出来，同时跟来的，还有一丝怨气，这种感觉，竟让我也为之一凛。

我刚想出去查看，却见一个黑色西装的男人，带着一个穿T恤的男人站在了门口。我看过去，那黑西装，正是之前在黄泉，唤我孟婆的那位地府使者。我想起那次的事情，不免对他心存感激，忙对黑西装一笑："想不到今天来的是你。"他表情却如一严肃："上来做事，麻烦了。"他推了推那T恤男，我这才反应过来，这就是那位生魂。

我看过去，只见他戴着眼镜，一副文质彬彬的样子，只是眉眼间，的确有一股郁结不散的怨恨之色，不知他到底是遭受了何种事由，这般想不开。我定了定心，反而故作轻松地招呼："那么，这位先生，今晚想吃点什么？"

五十二 · 扶苏牛肚面（下）

那 T 恤眼镜男胆怯地看一眼使者，见使者对他点点头，才对我回答道："他找到我说，你有办法帮我。"我只能硬着头皮继续大包大揽："可不是，我这儿地方虽小，可办法却多，你只管说出你的问题，我尽量帮忙。"T 恤男面露激动，竟一把抓住我的手："老板娘，谢谢谢谢，我可真的也是没有办法了啊。"被他一抓我忽然意识到不对，这不是生魂，明明就是活生生的人。可烟罗明明是说，让我开导那自杀的亡者，这眼镜男，又是谁？

我看向那黑西装使者，他竟然也有点不好意思："咳咳，那亡魂因为怨念太大，竟然挣脱了拘魂使，一心想要报复当时陷害他的人，也就是他。"我愕然，顿时想通了缘由。定是那亡魂想要复仇，一直寻机想杀这眼镜男，地府却不能任由生魂作祟，但逝者怨念过于强大，他们离开地府后竟不能控制。这才引了这位仁兄过来，想在我这一心居里拘魂归位。

我冷冷说道："原来打的是这般算盘，为何还要遮遮掩掩，如果等下不可收拾起来，我这一心居，岂不是要受连累。"喜善也不知道何时站了出来："连累什么？不会死人吧？万一闹得警察上门，我们生意可是做还是不做？"那眼镜男听得我们交谈，更加面如金纸："老板娘，使者大哥，你们都说有办法保护我的啊，当时我真的没想到他会去自杀，不然，不然我也不会……"

眼镜男忽然一呆，他指着门口喊起来："他来了！来了！"我们一起看过去，只见一阵阴风卷来，在那阴风之中，正慢慢聚成一个淡淡的人影。而那人影终于也汇聚成形，确是那自杀而亡的生魂！黑使者呼喊一声，拘魂锁应声飞出，电光石火之间，竟已缠绕上了那怨气十足的生魂。

黑使者看我一眼："孟婆，接下来可是看你的了。"我不悦地怼他一句："我不是什么孟婆，在这一心居里，请喊我一声老板娘。"那眼镜男倒是乖巧，颤抖着声音问："老板娘，不知道我还有没有危险啊。"他不说话倒还好，生魂听见他的声音，顿时激动起来："你害我被人误解，害我众叛亲离，难道你，一点悔意也无吗！？"我听见生魂的诘问，忽然一个想法在我脑中成形。我悄悄招手唤来喜善："去，把那扶苏牛肚面，做一碗端上来。"喜善点头赶去后厨，而我，此刻要做的，便是稳住这生魂的情绪。

黑使者紧了紧拘魂锁，但明显看得出，他已经有些吃力，看来这怨气再不消，生魂怕是就锁不住了。我轻轻走到那生魂面前，仔细打量，发现不过是一个眉眼圆圆，颇为憨厚的中年人。我轻轻地对他说："可是后悔了？"那生魂倒真被我问住，他像是思索一下，竟也真的答道："我的妻子孩子，却再也见不到了。"

他忽然看向眼镜男："若不是他，我此刻定是在家，刚吃完饭，一起坐在沙发上看着电视。"我软声问下去："我并不是很清楚其中的事情，但我知道他一定做了对你很差的事情。"生魂的声音尖锐起来，刺的我头疼不已："我待他如亲兄弟一样，自从他入职，就照顾他，几乎是手把手地教他。谁知道，最重要的项目，他却心生反水，把资料和盘交给了竞争对手。我一败涂地，一切都没有了，甚至，因为拖欠款项还面临被起诉坐牢的可能。我找到他，问他为何这么做，他却没有半点歉意，只是劝我，下次带眼识人。你说，我怎能不恨！"

我正要说话，喜善却已经端着面赶到，顿时满屋喷香，连那一脸严肃的黑使者，都面露渴望。生魂闻见这人间美味，居然也跟着松弛下来："好香的面。"我取出一双筷子，把面摆在了离他最近的小桌上："这叫扶苏面，而扶苏，指的就是生长茂盛的大树。既然是大树，难免会招来一些啃噬的恶虫，但此刻的大树，应该奋力生长呢，还是自断枝叶，以至于枯死呢？"

生魂一震："你是说，我本还有机会？"我摇摇头："既然你在那一刻足够绝望的时候，选择开着车冲向了那堵山崖，一切机会，就已经戛然而止。但现在，还有一个机会，你依然不想要。"生魂苦笑一声："我，又何来的机会。"我一字一顿地告诉他："有，放过自己。"我夹起一筷子面，那面条韧而不硬，想必吃起来，十分弹牙可口："地府有人来找我，本是想让我哄骗你喝下忘情汤，好心甘情愿回归地府，不再生事。可我知道，你本就不是为了闹个鱼死网破，我想，你其实根本没有打算要杀他吧。"我伸出手，指了指那发抖的眼镜男。

"我只想，要他和我道歉。"生魂的声音听起来，是那么遥远空洞。"我真的是不甘心啊，我不舍得离开，你说得对，一切都可以再来的，我妻子温柔，孩子可爱，公司没了，我还可以再去找一份工作，为何非要在那一刻，那一刻想不开啊！"那生魂失声痛哭起来，在他凄惨的哭喊中，似乎一心居都显得灯光黯淡了不少。

"如果可以记得，希望你明白，能真实的吃到一碗面的感觉，是如此的好。"我自顾自地把面放进嘴里，牛肚筋道，汤底鲜美，是一碗好面。我旁若无人地吃着，这么折腾一夜，还真的是饿了。

黑使者见那生魂松动，轻轻一抖拘魂锁："走吧。"生魂刚要随他离去，眼镜男忽然从喜善背后也冲了出来："陈总，对，对不起。"那生魂顿了顿，终于没有答话，和黑使者走出门去，瞬间消失在无尽的黑暗里了。

眼镜男本还想解释什么，终也是没有能开口，只对我和喜善鞠了一躬，就也出门而去了。喜善却问我："你为何不让他忘了更好？"我喝了一口那爽辣的面汤："有时候忘了，或许更放不下啊。"

"此中有真意，欲辩已忘言。"

第六章

味·归心

五十三 · 陌上鸡丝

今天有熟客订了一桌请吃饭，选了八宝鸭子、四喜烤麸、狮子头、蟹黄豆腐、火腿扒栗子、蒸海鳗等费工夫的菜，我和喜善忙得四脚朝天，喜善黑着脸骂我："下次订菜单的时候能不能搭配着来，我们四只手，不是四台机器。"我只能认罪："喜善大爷教训的是，老板娘下次一定注意。"

最后一道菜是鸡汁萝卜，用足足炖了 8 小时的鸡汤小火煨熟，最后出锅前放上一些白胡椒和枸杞，味道清鲜，入口却十分不俗。我端上桌去，那客人正眉飞色舞地招呼："怎么样，好吃吧？下次来这儿吃饭，要是没位置，就给我打电话！"我放下菜，众人又是一声喜悦的惊呼。虽然疲累，但看见他们吃的高兴，我却也跟着生出几分开心。

忙完这些，我正想上楼休息，程衍却不早不晚的来了，破天荒的，还带着一个双马尾，小圆脸的女孩。女孩穿着一条简单的白色布裙，却显得格外可爱。我心念一动，明白了，这便是小狐狸的那位女朋友。那女孩也和程衍一般活泼，刚进得店里，就笑嘻嘻的直扑上来，抓紧我的手，大惊小怪地呼喊道："这就是那个超级会做饭的老板娘啊！程衍总说，我们子归城里，什么星级酒店还是京城名厨，都比不上素心老板娘一根手指头呢！"程衍也赶紧附和："是啊，是啊，可可，我就和你说了，一心居，才是美食的至尊！"

　　我见他俩说得夸张，不禁失笑，赶紧拿出新做的鲜花饼和栗子羹款待程衍的小女友。她倒也不客气，坐下来就开心地吃喝上，一会儿说鲜花饼怎么会这么香甜，一会儿又夸端上来的香茅玉米汁好喝，一张年轻的笑脸，沁出一点点汗珠，更加让人觉得生动。程衍倒是收敛了一些，不像平时那样没规没矩了，反而只一脸宠溺地坐在旁边，看着可可开心地吃着。

　　客人们也慢慢走了，我让喜善把门闭上，暂时先不接待。门一关上，我便单刀直入地问："程衍，一定是有事，和我也不用客气了，你就直接说吧。"喜善也一惊，别看他平时总和小狐狸斗嘴，其实关心着呢。这对小男女见我神色凝重，却反而扑哧笑了出来："老板娘，你这么正儿八经的，弄得我们都没法开口啦。"

　　我却被笑得有些糊涂，不知道这两个人，卖的是什么药。程衍刚想开口，却被小女友干脆抢了先，她快人快语地说道："老板娘，给我一碗汤吧。"我这下反而彻底不明白两人的用意了，要汤？看他俩这恩爱模样，又何须我的忘情汤？程衍的表情慢慢沉重，他对着我，略略点头。看来，是有原因。

程衍终于开口："是，老板娘，我们今天来，是想让可可，喝一碗忘情汤，从此和我两相遗忘，再不相见。"我还没来得及说话，喜善却惊呼起来："再不相见？小狐……程衍，你们怕不是中邪啦！"可可又脆笑起来："喜善大哥，不用帮他遮掩啦，我早就知道啦！"

可可看着程衍，眼里满是化不开的浓情："他是九尾狐族，我是普通人类，只是我俩的相遇，根本和这些狐啊人啊，都没有关系，只有一眼，就注定有这些牵绊。"程衍伸手也握住她的纤手，可可也接着说下去："其实是我追的他，那次，在一家炸鸡店，他坐在我旁边吃东西，不知道为何，我便被他所吸引。"程衍也笑出来："一个人类小丫头，红着脸递给我一张纸，上面写着她的电话，要我一定打给她。"

我有些动容："然后呢？"可可微笑起来，应该是想起来他俩的时光："后来，我就问他，要不要做我男朋友啊，他以为他掩饰的极好，其实我早就发现了，谁让他有次喝了我的葡萄酒，狐狸尾巴露了出来！"可可神色一暖，接着说："还有那次我生病，忽然医生又说，肿瘤是误诊了，我就知道，是他去想了办法，恐怕这里面，也有老板娘你的帮忙吧。"

程衍的脸色更加不好："我一直瞒着可可，是不想她有压力。"喜善
也温柔起来："这不是很好吗？怎么忽然，找素心要起汤来啦。"我也赶
紧劝道："是不是吵架了？让小狐狸给你赔不是。"可可看我俩紧张，又
脆生生地笑了："老板娘，喜善大哥，你们可别这样啊，不然后面的话，
我都说不出口啦。要不，先给我们弄点吃的，吃饱了，我才敢和素心姐
提要求呢。"我打心里喜欢上这可爱的姑娘，于是吩咐喜善，把后厨熬着
的虾仁粥端一份上来，配个果仁菠菜、松子豆腐，再来一个陌上鸡丝。

"陌上鸡丝？又是第一次知道。"程衍听见鸡，还是振奋了一下。我
笑着解释："是梦厨谱的方子，拆了鸡脯肉，配上嫩南瓜丝和红椒丝，佐
鲜榨柠檬汁、小米辣、切得碎碎的薄荷叶，再浇上一勺芝麻油便可。"
我刚说完，忽然是一顿："姨婆在这道菜旁，写的是，鲜衣怒马，相忘江
湖。"我眉间微蹙，似乎有种不好的预感。

喜善下去备菜了，都是简单好做的小食，不一会儿就端了上来，那
盘陌上鸡丝，红绿相间，清爽可口，光是看，都令人垂涎不已。可可来
不及用筷子，伸手就拈一鸡丝放进嘴里，她眯着眼吃了一会儿，顿时笑
起来："真好吃！"程衍也跟着吃了几口，对我也笑着说："这么好吃的
鸡肉，老板娘怎么早不做给我吃，还要跟着可可今天才能吃上。"我喝
着一杯山楂茶，也笑嘻嘻地说："我偏是更疼可可，所以，今天能见到她
我心情也好，你们的要求，就尽管说缘由吧！"

可可吃了一会儿，大概是吃饱了，终于放下筷子，笑靥如花地对着我说："那素心姐，我们就直说啦，昨晚，程衍的爸爸来找我。"我还没来得及作声，喜善那边又是一声："那老狐狸是想让你们分手？"程衍苦笑起来："喜善大哥，能不能不叫我爸爸做老狐狸这么难听啊？"可可继续解释："程爸爸的确是来让我们分手，但并不是故意想拆散我们，而是程衍的天劫就要到了，如果还和我在一起，他一定是渡不过去的，说不定，还会被劈得魂飞魄散，再也无法……"说到这里，可可的眼圈终于是红了，但她还是坚强地扬起脸继续说下去。

"我问了程爸爸，现在唯一的办法，就是让程衍回去狐族地界，好生修行个几十年，这样才能安全。可我呢，我可不是一只狐狸呀，过个几十年，就算没死，也差不多鸡皮鹤发啦。我们没有办法一生一世，那么，就选择，两两相忘吧！"程衍的眼睛也湿了："这是可可做的决定，而我，选择听她的。"

我的鼻子也发酸："可你们，难道不想在一起吗？"可可的声音低了不少："能在一起当然好啊，可现在，如果非要分开，那么，我们曾经有过的快乐，已经足够多啦，我不后悔遇见他，也不后悔，可以忘了他。"可可看向程衍："我是不是太自私了？只想着自己，却不能一直记着你。"程衍宠爱地摸摸她的头发："我希望的，不过是你足够快乐。"

我不再劝，只是去后厨拿了一盅汤递给程衍："拿去吧，只是做了这个选择，你比她，更难熬。"程衍接过："老板娘，可可对我说，是我选择了和你在一起，现在我选择忘了你，这都是因为爱你。我想，在我这儿，是因为爱她，我选择了，让她忘记。"我看着程衍，郑重地对他点点头："保重。"

程衍告别，刚要走，他忽然想起什么似的又对我说："老板娘，那个金若风，你要小心一点，他找我打听过你和梦厨谱。"我一呆，只能点点头，表示知道了。

小狐狸带着可可离去了，喜善给我也做了一份陌上鸡丝摆在桌上。我吃了一口，心想，我的那个鲜衣怒马的少年，是否，也选择了和我相忘江湖呢。

"春日游，杏花吹满头。陌上谁家年少，足风流。
妾拟将身嫁与，一生休。纵被无情弃，不能羞。"

五十四 · 绿新酒

喜善正在帮我启封一坛新酒, 是春日的时候, 用新鲜的青橄榄先用少许海盐和冰糖一起腌制过, 再加上高度的烧酒, 最后密封陈放, 此刻, 正好揭盖。我用长柄勺舀出一小口, 酒色呈淡淡浅绿, 透亮喜人, 轻轻一嗅, 居然真有橄榄的香气。我喜滋滋地喝下一口, 果然醇香却好入喉, 妙极。

我正要问喜善是否也尝尝, 一个美妙女人却已经悄然造访。烟罗穿着一件紧身袍子, 酥胸半露, 身材惹火一如既往。她轻轻地伸出手, 在门口一扣:"素心, 方便吗?"我赶紧放下酒勺, 心如明镜:"这么重要的客人, 什么时候都方便。"

我指了指一张桌子:"先坐, 想吃什么吗?"没想到烟罗居然真的歪着头想了想:"好久没吃人间那种造型别致, 甜甜的小点心了? 能不能来一点?"我失笑, 没想看起来冷艳的烟罗居然要吃小点心。我赶紧吩咐喜善:"紫薯花朵卷、玉兔绿豆糕, 还有梅花酪, 都端一些上来。"烟罗对我一笑:"听名字, 就觉得好吃。素心, 我忽然发现似乎现在的你, 比以前更招人喜欢了。"我只能赔笑:"那我只能说谢谢了。"

　　喜善去准备点心,烟罗却像变魔术一般,从她本来空荡的胸前,掏出一只锦盒递给我:"在里面了。你要的东西。"我其实已经知道烟罗今天来为何,但还是忍不住把那锦盒马上打开查看。果然,正是一朵鲜红的彼岸花。烟罗恢复了一贯的冰冷:"东西已经给你了,但到底要怎么用,还是你自己做决定吧。"我把锦盒攥在手里:"至于我要怎么使用,就不劳你费心了。"烟罗盯着我,忽然嘘出一口气:"素心,你说孟奇,到底喜欢你什么?这固执的脾气?还是不打破砂锅问到底不甘心的决心?"不等我回答,她却一指那坛子橄榄新绿酒:"好久没能和你饮酒了,来,有这么好的东西,也不招待老朋友尝尝。"

　　我不好拒绝,于是只能斟上一壶,也坐下陪着烟罗喝起来。她一杯接一杯,如喝蜜水儿一般,我也不能任她光饮,只能也跟着举杯喝下。不出一会儿,我便有了醉意。烟罗那雪白的脸庞也出现几分胭脂色,更显美好。她娇声问我:"素心,你为何非要想起,难道你还不明白,我是谁吗?"我手指缠绕酒杯,似在说些醉语:"烟罗,烟罗,这两个字,真是好听,但同样的音,如果换成另外两字,怕就会让无数人听着胆寒了吧。"

　　烟罗听我终于表态,仰头大笑起来:"哈哈哈,素心,你果然还是水晶肚肠，瞒不了你。"我微微一笑："我也是最近才想通透，试问，谁又能想到这掌管地府的阎罗，竟是一个如此美丽的女人。"烟罗对我摇摇头："所有人都怕我，都觉得我冷峻无情，可素心你曾经看着我说，烟罗，你应该很想逃脱这个地方吧，你想要的，应该也是一粥一饭一良人。"我也哈哈大笑："是我说的吗？我真的是大胆，居然敢这么说不允许任何温情存在于地府的阎罗。"

　　烟罗又是一杯酒入喉："你们都以为，是我太酷法，殊不知我背负多大的压力和责任，地府若乱，人间便是地狱。你总说，人人都为情而苦，需要怀有怜悯之心对待，我不是不怜悯，只是，我还有更多的东西要维护。"烟罗还想倒酒，我却抓住了她："不管以前我懂不懂，但现在，我认为你是对的。"我看进她的眼睛去，那里灿若繁星，而不是黑如潭底，我相信，这位女阎君的心底，除了她奉行的准则，也怀有一池春水，漫漫柔情。

　　烟罗站起来："彼岸花已交给你，但素心，我还是想最后告诉你一句话，如果一切东西都揭开谜底，那带来的也许不是解脱，而是内疚和更大的遗憾。"我怔了一怔："内疚？"烟罗拍拍我的肩："我得回去了，要我说啊，这地府一把手，和你们的上市集团 CEO 一样，根本都没法享受，有的，全是工作！"

她美丽的身影走出店门，便消失得无影无踪。我却还在回味那句话：内疚，和更大的遗憾。我喃喃问自己："难道，是我搞错了什么吗？"

"绿蚁新醅酒，红泥小火炉。晚来天欲雪，能饮一杯无？"

五十五 · 彼岸花

一个梦。

一个真实的不像梦的梦。

一个我不知道到底是记忆，还是未来，还是虚妄的梦境。

送走烟罗，我轻轻取出那朵彼岸花，刚一接触，我仿佛就已经感知到那来自黄泉的冰冷。那里没有人气，没有鲜活的笑声，也没有任何，有情人可以成眷属的土壤。有的只是遗忘，彻底的遗忘，以及永不相见的绝望。

我又想起那句姨婆的遗言：奈何，奈何，奈莫何。我轻声念出，那朵彼岸花，就像瞬间听懂一样，也跟着我的指尖颤抖一下，顿时化作一滴鲜红液体，飞进我的酒杯。我端起来那杯酒，笑了。是啊，都说我煮的是忘情汤，可今天我素心自己要喝的，却是一杯能记起一切的酒。

我刚端起杯，那酒就如同有意识一样滑进我的喉咙，却一点没有酒的辛辣刺激，只有一种熨帖无比的舒服，仿佛一股暖流，瞬间从我的胃部，蔓延到了全身，最后来到我的头顶，好像我脑中最深埋的东西，就这样被瞬间唤醒了，我闭上双眼，不知道自己身在何处，是醉还是醒。

跌入了一个梦中，那个梦里，是我和孟奇的一切。

真相，终于来了。

"孟奇！我真的不想熬汤了，每天做忘情汤给那些根本不想遗忘的人去喝，我心里总是愧疚的。"

"素心，你怎么知道他们不想遗忘？"

"这还用知道吗？哪一个被拘魂使灌下一碗汤的时候，不是哭天喊地，说自己不想失去那些记忆吗？"

孟奇伸出手，在我鼻子上轻轻一捏："傻瓜，你做的汤这么好喝，他们怎么会不想喝呢？"

我噘着嘴："可我觉得，他们真的不愿意失去那些宝贵的感情。"

孟奇指了指黄泉远方，一排生魂正在那里等待安排，他柔声在我耳边说："他们早已有了决定，我的判书，其实并不是我为他们作安排，而是，我猜到了他们的心愿。而你的那碗汤，只是他们最后的不舍，但不舍归不舍，人，总是要继续走下去的，无论那个人，是生，还是死。"

我似懂非懂地看着孟奇："但如果，他们真的想带着回忆去寻找那个爱过的人呢？"

孟奇对我微微一笑："那，他们也会有别的办法的。"

场景又换，这次我看到，震怒的烟罗正在大发雷霆："孟奇，你好大的胆子！为了包庇素心，你居然擅改判官册，把十万没有完全消除记忆的生魂重入人间，你知道这有多大的隐患吗！万一造成大难，我也没有办法帮你们！"

孟奇却似乎早知一切："烟罗，素心并不是故意，只是她的确不适合再留在地府了，她的指尖血之所以让忘情汤失效，全部是因为她内心不认可这种消除情感记忆的方式。"

烟罗的怒火更甚："你还要替她说情！"

孟奇忽然单膝跪下："恳请阎君处罚，我孟奇，愿一力承担！"

我忽然冲了进来，拦在孟奇面前："这一切都是我的错，孟奇只是被我牵累，恳请只罚我一人！"

烟罗冷笑一声："好一对苦鸳鸯。"

孟奇抬起头，他的声音和铁一样坚硬："判官心可重改记忆，我愿剜心出体，让拘魂使用来消除那些人残留的记忆。"

我尖叫一声"孟奇！"便昏倒在他的怀中了。

梦的最后，孟奇的脸在一片迷雾里渐渐清晰，他抱着昏迷的我，一身血污，站在奈何之上。孟奇抄起一只小碗，喂我喝下汤水，而那汤，便是我曾经做过无数次的忘情汤。

孟奇在我额头上一吻："素心，请你永远离开这儿，你不属于这个地方，你渴望的，应该是活生生的情感，和一颗愿意拼尽一切，也爱过疼过的心。希望你忘掉这些，重新开始。"

孟奇把我放在奈何之上，转身离开。浓雾把我包围，不知要把我带去何处。

而孟奇喃喃自语的声音依旧还在:"就当我替你决定了吧。"

终于,这个梦结束了。

我一身是汗的坐起来,自己只是还趴在那张桌上,杯中的酒也还只喝了一口而已。

但一切,已经不一样了。

喜善从后厨过来,他放下一碗马蹄龙骨汤:"怎么,做噩梦了?"我凄然地摇摇头:"如果是梦,就好了。"

我明白了烟罗的意思,原来这一切,都是孟奇为我选择的,他让我遗忘,让我体会,让我去做我曾经想做的事情,而他,却带着所有记忆,默默承受了一切。我终于知道,原来内疚是怎么回事。我以为我才是爱的更多的那一个,其实,孟奇才是,而我,一直是被保护的。

喜善看我瑟瑟发抖,忙问:"怎么,是不是着凉了?"我扑在他怀里,号啕大哭起来。

"十年生死两茫茫，不思量，自难忘。千里孤坟，无处话凄凉。纵使相逢应不识，尘满面，鬓如霜。

夜来幽梦忽还乡，小轩窗，正梳妆。相顾无言，惟有泪千行。料得年年肠断处，明月夜，短松冈。"

五十六 · 云游烧饼

喜善来敲门，我只哑着声音回了："不饿。"喜善满是担忧："素心，你两天没出房门没吃东西了，好歹，让我进来看看你？"我不再说话，喜善又站了一会儿，终于只是长叹一声，下楼去了。

我抱着膝盖坐在房中，满脸都是泪水，其实我根本不想哭，呵，堂堂一心居老板娘，平日开解多少伤心人，换成自己了，却哭成这个德行，可笑可笑啊。但心里如此想，眼泪却不能受控制，我的身体、意识、魂魄，都好像不属于我自己一样，唯一的念头就是无尽的痛苦。

孟奇甘愿为我，承受了剜心之罚，那是多么蚀骨的疼啊，这一切都是因为我的任性和执拗。当时我以为那些人，他们的痛苦是因为忘记，殊不知，更大的痛苦，多是因为不能忘记。孟奇带着全部的记忆陪伴我成长，他守护着我，关爱着我，教会我怎么做一个有血有肉的人，教会我如何去爱去珍惜。当他完成了使命，他便彻底离开了，而我还埋怨他，以为他是不负责的死去。

我怎么会这么愚笨呢！

孟奇的脸占据了我所有的思绪，我再次把头埋下去，想更低一些，让眼泪把自己淹没。

不知道哭了多久，我昏沉地蜷缩在床上，只觉得天旋地转，恨不得就这样再也不要醒来。就当我无望的几乎要困着的时候，忽然我的房门，被一脚踹了开。金若风和喜善一起站在门口，他笑吟吟地拍拍手："这种木门，很好踹的，我之前，咳咳，我之前帮人处理事情，也经常踹这样的门。"喜善紧张地冲进来，看见憔悴的我，赶紧一把扶起来："你这是要折磨死自己吗？他已经死了！死了！死了的人不能复生！即使你们有过忘不了的过去，现在这世界上，也就只剩你一个了！"

从未见过喜善这样的声嘶力竭，喊到青筋暴起，但我分明还看见，他坚毅的脸上，挂着一行泪痕。金若风尴尬地笑了一下："那个，喜善你要学马景涛抒情咆哮还是等一会儿，不如，先让我和素心聊聊？"他忽然从包里拿出几张纸，对我晃了晃："和孟奇有关。"

我吃惊地看着金若风和喜善，喜善平静了一下，准备退出房间。走到门口的时候，他背对着我说："我让金若风去查了孟奇的遗物，看看有没有什么别的发现。你不要怪他，是我害怕。你和他聊，炉子上还炖着鸭子汤，用红菇焖的，很温和，我把鸭皮油也已经刮去了，等下端给你喝一点。"喜善说完便下楼了，金若风却还是那么玩世不恭地对我挑了挑眉毛。

他也不客气，一屁股坐在我床边打量我："啧啧啧，素心老板娘，你这个失恋的模样，可真的是好惨啊。想不到你哭起来，这么柔弱，这么梨花带雨，哎，别说我这种怜香惜玉的好男人了，就连那个铁板一块的喜善，也心疼的哦。"金若风继续要着贫嘴，我虽然还是难过，但在他面前，也还是要镇定一下的。

我冷冷地问："喜善许了你什么好处？你肯帮我去查孟奇？"他嬉皮笑脸地回答："那是我和喜善的交易，你只需要知道，我查到了什么。"他把手里的那几页纸递给我，原来，是孟奇的各种遗物清单。

我细细看起来，可刚看，眼泪就止不住又掉下来。那里面列着孟奇留下的衬衫，描述那一栏写着灰白条纹，我记得，是我给他买的，他穿上袖子短了一点点，我恼自己买小了，孟奇把袖子卷一卷挽到胳膊，说这样就看不出来了。还有，还有一只音乐盒，那是孟奇给我买的一个礼物，最后我弄坏了，再也不会唱圣诞歌了，就还给了他，让他哪天修好了再拿回来给我。

　　我翻着那些东西，几乎每一样，我都能知道是从何而来，又是为何被孟奇小心翼翼地收藏着。我明白他的意思，他用自己的方式，呵护着我们所有的感情，即使他早就知道，自己不能陪我这一世，孟奇也从不透露，他给我的，的确都是快乐。资料的最后一项，写的是，银行保险柜，十年后如无人来认领，便可销毁。

　　金若风补充说："我问了孟奇家人，他们也不知道他有这么一个银行保险柜，我去银行看过了，需要用密码才能开启，但可惜的是，没有人知道密码。"金若风看我一眼："我想，这个秘密只有你能开启了。"

　　我抓着那几页薄薄的纸，忍不住把它们贴在胸前，仿佛想透过这些，感受到孟奇曾经给我的温度。金若风见我伤神，不禁也有些感慨："老板娘，斯人已去，你又何必……"我只是摇头："这些道理我又何尝不懂呢，可，我无法……"金若风叹道："就算你现在找回他，也不过是一抹残存的意识，我已听喜善说了，他因剜心而死，又留了记忆伴你一程，只怕，是再也不能入六界啦。"我苦涩地说："正是知道无望再见，我才不知道，如何才能放下啊。"

　　我低头垂泪，金若风也不忍看我，别过头去，而那边喜善却端着饭菜上来了。"鸭汤里我又滚了几只馄饨，拌了个话梅芸豆，喏，还有刚刚街上有人叫卖梅干菜烧饼，我记得你以前也爱吃，就也拿了两只来。这烧饼要趁热吃，酥脆，咬一口香的滴油，快吃快吃。"

　　我不忍再拂了喜善的好意，只能硬挤出一点胃口，伸手拿了一只烧饼咬下。忽然，那混合了肥肉丁、切得碎碎的梅干菜、小葱酥的味道，一下子蹿了出来，点燃了我脑海里一片记忆。我脱口而出："云游烧饼！"喜善被我喊的一惊，赶紧问："什么云游烧饼？"

　　我激动起来，拉着喜善的手臂嚷道："孟奇和我一起取的名字，这种烧饼，就叫云游烧饼！"

　　"行到水穷处，坐看云起时。"

五十七 · 欢喜汤

我解释给一脸不明白的喜善和金若风："每年三月三，我和孟奇都会随家人一起，去河边踏青游玩，还有野餐。有一年，我做了烧饼带去，喏，就和这种做法相似，只不过我放的不是肥肉丁，而是直接用猪油炒了梅菜，再加上笋丁和尖椒做馅。孟奇一下吃了好几只，还夸这种烧饼适合带着野游。那天家人回去了，孟奇忽然拉着我说，如果真能有一天，和我一起踏遍全国，游山玩水，不知多惬意。他还笑着说，就喊这个烧饼做云游烧饼吧。那天，我们还做了一个约定呢。"

金若风听得一呆："三月三？约定？"我点点头："那天回去，孟奇找出一本万年历，在今年的三月三上画了一个圈，和我说，如果到这一天我俩还能一起，那就放下一切，去云游全国，吃着烧饼唱着歌，喝着酒儿烤篝火。"我声音低下来，这些甜蜜的话，其实在说的时候，孟奇便已经知道了，他注定无法和我游玩世界，逍遥一生。

金若风忽然喊起来："今年三月三？那说不定，这就是密码！"喜善也一惊："是啊，这个日子对他和你而言，都是极其重要的！"喜善听完，也建议道："素心，你不如和金若风去试试，如果孟奇真的给你留了什么东西，那么，你心里有些该解的，不也可以解开了吗？"

我望向喜善，他郑重地对我点头，是在鼓励我，如果真的放不下，也得拼上那最后一块拼图。我想，换成是孟奇，他会希望我怎么做。在地府时候的他，为了让我真实的感受人间至情，牺牲了自己，换我一世安宁。而那个陪我一起长大的他，却又那么温柔，忍住所有秘密在心里，给我半生回忆。现在，他真的离开了，他会给我什么呢。

我轻声说："他一定，是希望我忘了的。"喜善却按了我肩膀一下："如果我是孟奇，我一定最喜欢的，不是忘或不忘，而是你开心。"我抬头看着喜善，他的眼里满是疼惜。我忽然发现，喜善是那么害怕我难过，害怕我一蹶不振。我有点不敢看他，只能对金若风说："那好，我们就走一趟，我想，喜善说得对，他留下来的东西，如果是给我，那么一定不会伤害我。"

金若风面露喜色："那好，我们现在就走。"我眼神扫去，发现喜善不自然的咳嗽一声，对着金若风摇摇头。看来，喜善一定是答应了金若风一些事情，我也咳嗽一声，忽然坐下："慢着，有件事情，我想还是先弄清楚再去比较好。"金若风一愣："还有什么事情？"我冷冷地看着他："你说，你要喜善给你什么，才会这样帮我，而且你还找程衍打听过我，我想，我也没什么可让你惦记的，除非，还是为了梦厨谱。"

金若风没想到我这么直接，倒被我问的傻了。他想了片刻，干脆也坐下来："既然老板娘猜得到，我也就不瞒着你，我的确是有目的接近一心居和你，但这目的，并不为了害人，而是为了，救人。"喜善在一旁补充："我看你精神太差，知道是和孟奇有关，只能找了他来，让他去查孟奇的遗物，看看有没有什么发现。金若风他，说别的都不要，只用我找到梦厨谱里一道欢喜汤，把方子和批注，原原本本影印给他看一眼即可。"

欢喜汤？欢喜汤的确是梦厨谱里的一道，但并不起眼，其实，说白了就是山药羹。先将山药煮到半熟再加百合，同时配上云片糖。等煮到彻底绵柔，再碾成泥加牛奶搅拌，羹汤雪白，柔美芬芳。在我记忆里，姨婆也没有做什么特别的批注，我疑惑起来，但金若风却不慌不忙地说："这道菜老板娘你放心，我并不是不会做，只是，有一样东西，是你的姨婆额外放进去的，我至今不知道是什么。"

我好奇地问："不知道你是要做给谁来吃？还有你说救人，是救什么人？"金若风的眼睛一淡："并不是你想的那样，没有什么缠绵悱恻的爱情，也没有什么伟大的拯救，只是，家父已经重病，药石已经无用，他也特地嘱咐，不要再用任何奇技淫巧为他救命了。只不过，家父一直说，他唯一想要的，就是再喝一次他印象里的欢喜汤。"

我更奇怪了："可是你说你会做啊。"金若风轻了轻嗓子，忽然抱拳对我一拜："梦厨派不才，金若风拜见师姐。"我惊讶地看着他，这下再回忆之前的事情，猛然明白不少。他这般懂吃，还和饕餮相熟，又知道梦厨谱来历，且面对这么多奇异事件，丝毫不讶异，原来正是我梦厨同门。

金若风继续缓缓解释："家父和你的姨婆，本是一起经营一心居，姨婆主理，家父帮衬，喏，就和喜善一样，也学了不少厨艺，但姨婆说，学艺可以，梦厨谱却是一定不能传与他。其实，家父的心思，根本也不在梦厨谱上，而是，他爱上了你的姨婆。"

"什么！"我忽地站起来，"可姨婆明明是孤身至老……"金若风苦涩地叹气："家父决定告白，买了鲜花戒指，可姨婆还是拒绝了他。她说，她没有勇气去接受家父，因为看了太多感情的悲欢离合，她对情爱，早已不抱幻想，要是两人恩爱还罢了，万一交恶，她以后还怎么开一心居，怎么帮助天下有情人。"我喃喃应和："姨婆，所以宁可苦了自己，也不愿放弃梦厨派的使命。"

金若风点点头："那晚，姨婆给家父做了一碗欢喜汤，告诉他，各人也有各人的欢喜，不如就这样两相去了，以后就各自生活吧。家父从此再未来过子归城，后来就娶了我妈，但姨婆、一心居，还有梦厨谱，一直是他内心的一道白月光。现在他生命垂危，我怎么能不前来，帮他了却心愿呢。"

我翻出梦厨谱，果然，在页脚处，用淡不可见的铅笔写着三个歪歪扭扭的小字：干玫瑰。我把这字拿给金若风看："看来，那天姨婆退回了戒指，但留下了花，她应该是用文火烤过玫瑰，再细碾碎后入汤，让风味更甚。"金若风听我这么解释，眉头却皱的更紧："如果只是玫瑰，家父不可能尝不出来，不信，你问喜善，他跟你这么久，难道连玫瑰的味道还分辨不出？"喜善也点头："欢喜汤本就味薄，如果加上玫瑰，肯定一尝便知道了。"

我这下真的没了主意，金若风还在一旁解释："家父说，那味道似苦似涩，但再回味，却又令人有种缱绻的甘甜，一直不知道，姨婆妙手加了什么。"我听金若风描述，忽地，一样东西出现在我脑中，我飞快地又翻到欢喜汤那页，举起来迎着光亮仔细查看。

果然，就在那页脚的铅笔字处，除了字迹，还有几颗淡淡的水渍斑点。我当下了然，却不免也为姨婆的委屈而心痛："不是什么食材。""啊？"金若风讶异地看着我。我再次把那页指给金若风看："恐怕你爸爸尝到的，是姨婆的伤心泪。"

　　我小小的卧室里，一片寂静，我们三个都沉默不言，只是看着那页简单的欢喜汤菜谱。情爱令人欢喜，可念念不忘的，却原来是那颗眼泪的味道。

　　"风住尘香花已尽，日晚倦梳头。物是人非事事休，欲语泪先流。闻说双溪春尚好，也拟泛轻舟，只恐双溪舴艋舟，载不动许多愁。"

五十八 · 孟奇的信

金若风了解到欢喜汤的真相，急着回去看望父亲，于是只把我带去了银行，便匆匆告辞。我报了保险箱号码，又输入了今年三月三日期的数字，很快，银行职员微笑着出来告诉我，一切已妥，可以去查看保险箱内的物品了。

我的心脏怦怦直跳，自从他登山再没有回来的这些年，虽然我心里每一刻都在思念他，但真的接触和他有关的东西，却还是第一次。银行职员为我打开门，然后戴上手套，为我输入密码。一声清脆锁响，那只小小的箱子应声而开。我呼吸几乎停滞，而那里面，躺着的，是一页薄薄的纸。

是孟奇给我的信。

我如饥似渴的捧起来，手指扫过每一个我曾经无比熟悉的字样，这是孟奇的亲笔，是他的字迹，是他的格式，是他的味道。

我蹲下来，把这封信抱在怀中。原来孟奇，想告诉我的，是这样的事情：

素心：

当你能看到这封信，我想你应该已经发现了一切。

你肯定会想，为何我选择用这样残忍的方式离开你，因此，我想先取得你的原谅。

你应该知道了，我本是因剜心而死，多亏烟罗帮忙，才能再继续陪你半程，但这些人间岁月，虽然只有短短十余年，我已感受到了巨大的快乐，也同样明白，作为一个有血有肉的你，应该和我一样，也感受了巨大的快乐。

可我没有办法支撑陪你那么久，但，如果还要和你告别，然后再消失于人世，这对我而言，也太过残忍。那么就让我自私这么一次，让我不告而别，我宁可让你认为，我是意外身亡，也不想让你一下承受这么多。

其实早就该告诉你，可我一再贪恋和你过寻常的时光，不忍说出真相，于是一拖再拖，直到大限来临，烟罗派人告诉我，没有时间再留给我们了。

明天，我就要去登雪山了，如果能回来，我会带回传说中的天山雪莲，让你恢复记忆。如不能回来，那就希望你能先接受这条噩耗吧。

素心，我已十分知足和你相伴过，也希望你理解我所做的一切。最后想告诉你一句，我真的希望，你能彻底忘记。

我们的缘分只能到此，珍重。

奈何，奈何，奈莫何。

无情，有情，皆深情。

孟奇字。

"我欲与君相知，长命无绝衰。山无棱，江水为竭。冬雷震震，夏雨雪。天地合，乃敢与君绝！"

五十九 · 尾声

据喜善说，那天我是哭着从银行出来的。

据喜善说，我一直小声嘀咕着，说忘了吧，忘了吧。

据喜善说，我回来后，自己去后厨忙了很久。

据喜善说，我从那天之后，再也没有提过孟奇。

是啊，和孟奇有关的东西，我都打算忘了，再提又是何必呢。喜善问我，那天是不是喝了一碗我自己煮的汤，我没有回答他，他神神道道的在我头上摸来摸去，还直说什么，别喝傻了啊。

是，那天我真的想喝下一碗，干脆把这一切都忘个一干二净。可等我真的在后厨为自己盛了一碗的时候，我还是犹豫了。最后，我把那碗汤，甚至那一锅汤，都倒进了水池中，并做了一个决定：从此一心居，再也没有这碗忘情汤。

　　喜善还问我，到底忘情汤里煮了什么，我只告诉他，不过都是寻常食材，没有特别。他不甘心地追问，那为何人人都说喝完就忘了那些和情有关的伤，我无奈的两手一摊，解释说，我想那些人只是想给自己找个借口罢了，喝不喝汤，都和忘情没有区别。喜善犹自是不信，我也懒得再解释。

　　这天，阳光好得不像话，那只曾经来过的胖猫也跑来偷吃喜善晒在院子里的蛤蜊肉，被我一把逮住，还偎依在我脚旁打滚撒娇，逗得我不行。喜善站在厨房里声音无比洪亮地问我："老板娘，今天中午要做点啥！"我也干脆大声答他："猪脚拆碎了和蒜薹一起爆炒；配一个虾仁藕饼，做糖醋味的；嗯，再来一个辣炒黄蚬子，放些九层塔一起才够味；还有啊，上次我买的那坨榨菜，拿出来和后腿肉一起切碎了，与日本豆腐同蒸即可。"

　　喜善的脸上金灿灿的，不知道是阳光的缘故，还是我的眼睛发花了，只觉得他看起来格外开心。我骂道："看着我傻笑什么，不做事啦。"他转身进厨房，却忽然又回头看着蹲在地上撸猫的我笑着喊了一句："老板娘，你这样真好！"

　　我笑起来，也在这满院子暖暖的阳光里对喜善说："喊我素心，就可以了。"

六十 · 结局

喜善给素心倒了杯温水，看她喝了后躺下，又帮她盖好被子，这才关门出去。他在门口等了好一会儿，直到听见房里传来了均匀的呼吸声，才轻手轻脚的下楼去。

而楼下，金若风正焦急地等待着。

"今天医生怎么说？"金若风不等喜善坐下就问。

"情况，不是很乐观。"

喜善给自己倒了杯梅子酒，抿了一小口："她一会儿好，一会儿，又似乎什么也想不起，甚至，我觉得她活在一个我们不理解的世界里。"喜善抬起头看着金若风，里面全是血丝。

金若风也满面愁容："自从孟奇出车祸后，她就一直精神状况不好，要不是你照顾着，可能更严重，哎，素心也是可怜，从小就父母都不在了，孟奇就是她的精神支柱，也难怪，会给她这么大的打击。"

喜善没有搭腔，他拿出一个旧本子递给金若风："喏，最近她安静的时候，就总在写这么个菜谱，好像，把她脑海里所有的美食，都记下来了。"金若风接过去："小小豆腐？洛神炒饭？欢喜汤？"喜善点点头："嗯，都是她取的名字，我也拿给医生看了，医生说，可能是她自己臆想出来的一些事情。不过医生也说，其实，她这些幻想也好，恍惚也罢，都是她为了保护自己而产生的一种应激反应。"

金若风叹了口气："哎，我这个做表哥的，也没能给她什么帮助。"喜善却摇摇头："平时她倒也安静，甚至还能下厨帮忙，就是，如果没睡好，第二天就总是对着我说些胡话，什么孟婆啊，彼岸啊。也不知道她的世界里，到底经历了什么。"金若风小心地问："你以后，打算怎么办？"

喜善抬起头，似乎在说另一个故事，可他的眼中，却亮晶晶的，不知到底是什么在发光："我第一次见到素心，就是在这一心居，我至今记得，那天的雨好大，我全身湿透，迷迷糊糊不知怎么走到这里来，是她打开门，把坐在门口发抖的我拽进店里，给我端了一碗年糕汤，一碟拌海带丝，又煮了一碗浓浓的姜汤，非让我喝下再走。"金若风看着喜善："那时，她还没有到现在这样……"喜善握了握拳："我不管她如何病，

也不管她为谁到了这个地步，我只知道，素心一定会好，我一定会看到
她好的那天！"

　　金若风拍拍喜善的肩膀，不禁劝他道："你也不要太执拗了……"可
不等他话说完，喜善便打断他道："我愿意等，与旁人无关。"金若风见
喜善这般，也只能点点头，不再言语。喜善也自觉有点尴尬，也赶紧说
道："你先坐我去给你做点吃的，你这么晚赶过来，怕是还没吃饭吧。"
金若风也嬉笑道："不知道素心把她拿手菜传你多少？还真的是馋了，你
快去吧，我帮你盯着这儿。"

　　喜善便去准备吃的，金若风也干脆自己倒了杯酒，靠在窗边的桌上
喝了起来，凭窗看去，这么晚了，街道上也还有三三两两行人，一个漂
亮的男孩牵着一个女孩正路过，那男孩看见一心居，还停下来指着和身
边的女孩介绍起来："喏，这就是一心居呀，上次你生病的时候，我就是
在这儿给你买的鸡汤，你直夸好喝呢。"女孩也娇笑起来："程衍，改天
你也来和这儿的厨子学两手，回去啊，天天给我煮汤喝！"

　　金若风看着这对儿小情侣走远，不免又叹一声，一口饮干了酒。喜善
也端了几样小菜来，有葱爆鱿鱼、辣子鸡腿肉、酥炸带鱼，都是不错的
下酒佳肴。金若风尝一口，赞道："不错，喜善，素心的手艺，你真的是
学了个九成了。"喜善也端起一只酒杯，吃了两口菜："可，在我心里，

她才永远，是那个用食物治愈一切的人。"

金若风举杯："希望素心，早日康复。"

喜善举杯："希望她，找回自己。"

夜，更加深沉。

这小小的一心居，的确如你所见，就这么普通。

老板娘素心，伙计喜善，都会在这店中，以美食慰人心，一生不离弃。

"锦瑟无端五十弦，一弦一柱思华年。
庄生晓梦迷蝴蝶，望帝春心托杜鹃。
沧海月明珠有泪，蓝田日暖玉生烟。
此情可待成追忆？只是当时已惘然。"

完。

2017.8.23 于林业大学北路家中。